AMICHE X sempre

ISBN 978-88-6656-100-2

www.edizioniel.com

Silvia Roncaglia

anime gemelle

Illustrazioni di
Costanza Favero

Einaudi Ragazzi

anime gemelle

Alle mie ispiratrici e consulenti adolescenti:
Alida, Sofia e Vittoria

«Ogni amico costituisce un mondo dentro di noi, un mondo mai nato fino al suo arrivo, ed è solo tramite questo mondo che nasce un nuovo mondo».

Anaïs Nin

«Tieni un vero amico con tutte e due le mani».

Proverbio africano

I

La scommessa

I tre moschettieri, lo sanno tutti, in realtà erano quattro. E il piú famoso, quello che ognuno ricorda (a parte Barbara), era proprio il quarto, D'Artagnan.

Anche le tre grandi amiche, benché ancora non lo sapessero, erano quattro. E io, la quarta, che all'inizio di questa storia dovevo ancora apparire nella loro vita, diventerò senz'altro la piú famosa, essendo proprio io, Caterina, la cronista delle nostre avventure.

Sí, lo so, Caterina è un nome da vecchia zia, non da moderna eroina quattordicenne, ma i miei genitori hanno voluto imprimere su di me, come un timbro, sin dal primo giorno di vita, il loro sconfortante modo di essere: all'antica, terribilmente all'antica!

E mio fratello, Edoardo Camillo, che cosa dovrebbe dire, allora?

Il mio secondo nome ve lo risparmierò. Va bene, lo volete proprio sapere perché, nell'immediata identificazione con la protagonista, siete già pronti a soffrire per me e con me? Okay, ve la siete cercata! Mi chiamo Caterina Antonietta.

E solo il giorno in cui ho compiuto quattordici anni, ho avuto il coraggio e la forza della prima, per mia madre inaudita, trasgressione. Ho sciolto le trecce, che si ostinava a farmi da quando avevo tre anni, sono andata dalla parrucchiera e mi sono fatta fare un taglio moderno alla maschietta. E ora – udite, udite! – tra i miei capelli nero catrame spicca anche un ciuffo liscio, e un po' impennato all'insú, color rosa fucsia.

Ma torniamo a D'Artagnan e ai tre moschettieri perché, proprio come lui ha sfidato a duello, lo stesso giorno in diverse ore, Porthos, Athos e Aramis, che poi da nemici si sarebbero trasformati in inseparabili compagni d'avventura, anche io ho sfidato Barbara, Alessandra e Valentina lo stesso pomeriggio: una alle due, l'altra alle tre e l'ultima alle quattro e mezza, per la precisione.

Non a duello, è ovvio, ma per me l'impresa è stata ancora piú eroica, in quanto, praticamente, le ho sfidate a diventare le mie amiche del cuore.

Perché capiate bene la faccenda, devo fare qualche passo indietro e una confessione.

La confessione per prima, cosí sputo il rospo. A furia di essere allevata all'antica, ahimè, devo ammetterlo, sono cresciuta con abitudini e caratteristiche piuttosto all'antica. E mia madre non lo sa, ma il ciuffo fucsia è piú una sfida a me stessa che a lei, o all'intera società, come ama credere in modo melodrammatico.

Ed ecco le mie colpe: sono, anzi ero, prima dei fatidici quattordici anni, una ragazzina seria, educatissima, quieta e molto introversa e solitaria. Il mio passatempo preferito era leggere, non fumetti, ma libri veri, e molto precocemente classici famosi e libri da grandi. E questa resta ancora una delle mie passioni, perché se il virus della lettura ti viene inoculato in tenera età, sei infettata per sempre.

E poi guardo film impegnati e documentari istruttivi, perché la tivú a casa nostra ha l'handicap, gravissimo per un televisore, di non essere collegata a un'antenna, ma solo a un lettore dvd. Astuta mossa dei genitori! Come il frigorifero di casa viene rifornito regolarmente solo di cibi freschi, sani e biologici, cosí il lettore dvd viene foraggiato da mamma e papà solo con film e documentari accuratamente scelti da loro per essere formativi, o perlomeno dotati di valore artistico.

Be', da un po' di tempo, come virus in un computer, s'infiltrano nel lettore film horror e catastrofici che mio fratello ha imparato molto presto a scaricare da Internet. Edoardo Camillo ama le scene splatter e i disastri spettacolari con un elevato numero di vittime: cicloni, tsunami, ere glaciali che in un futuro molto prossimo iberneranno l'intero pianeta, ascensori di cristallo e non che precipitano, aerei che non sono da meno, mostri che arrivano dall'iperspazio per far polpette della Terra e dei suoi abitanti. Ecco gli intrattenimenti preferiti di Edoardo Camillo che, a sedici anni, pur essendo un tappo, o forse proprio perché è un tappo, assume atteggiamenti da teppista e crede di avere un eone, anziché un anno e sette mesi di differenza d'età con me, e quindi fa il fratello che la sa lunga e infarcisce di parolacce i suoi discorsi da analfabeta.

E qui si dimostra come l'educazione non sia tutto e spesso non sortisca gli effetti sperati, ma anzi possa avere risultati diversissimi.

Edoardo Camillo e Caterina Antonietta, infatti, condividono la stessa coppia di genitori e hanno usufruito degli stessi trattamenti educativi vecchio stampo, improntati a severità e rigore, eppure sono approdati su due lidi opposti.

Per mio fratello anche *Topolino* è una lettura troppo impegnativa. Si nutre di videogiochi, catastrofi, Nutella, hamburger e würstel. Già, l'alimentazione salutista ha fatto di lui il cliente modello di un McDonald's.

Sto divagando, ma questo capita anche all'inizio dei migliori romanzi. Va creato il contesto, l'ambiente, l'atmosfera. Vanno presentati i personaggi principali. Insomma, ho un po' di «info» da darvi.

E tra i personaggi, mio fratello è particolarmente importante, perché tutta questa storia prende l'avvio da lui, o meglio da una sfida/scommessa che mi ha lanciato lui. E c'entra anche un film, uno di quelli approvati dai genitori. Un film che, superata la loro censura, io e mio fratello ci eravamo visti insieme una sera, quando ci eravamo appena trasferiti dal paese in città.

Il titolo era *Il mio miglior amico*, ironico e amaro, un po' intimista, non certo il genere di film per Edoardo, a cui però sta simpatico Dany Boon, uno degli attori, perché l'aveva già visto in *Giú al Nord*, e quel film l'aveva fatto scompisciare dalle risate.

Edoardo Camillo, ogni tanto, alterna alle catastrofi qualche film comico. Sperava che anche *Il mio miglior amico* facesse ridere, ma questa è una pellicola che fa sorridere, non rotolarsi dalle risate, e alla fine tra l'altro commuove anche un po', e mio fratello ha bandito la commozione dalle emozioni possibili. Senz'altro la considera piú vergognosa di una bocciatura a scuola.

Tornando al film, racconta la storia di un antiquario, François, un po' antipatico e opportunista. Preso solo dal lavoro, ha molti impegni, ma in realtà nessun amico. Viene provocato dalla sua socia, con una scommessa, a trovarne uno vero entro dieci giorni. Per caso incontrerà piú volte un tassista: un uomo semplice, chiacchierone, affabile, ma in realtà molto solo anche lui. François cercherà di farselo amico col solo scopo di vincere la scommessa.

Be', adesso mica posso raccontarvi tutta la storia! È bello e potete guardarvelo, e qui non è il film in sé a essere importante, ma lo spunto che ha dato a mio fratello.

– Ehi, Caterina, – ha detto, – e tu l'accetteresti una scommessa uguale?

– Cosa vuoi dire?

– Ti sfido, adesso che siamo arrivati in città, a trovare un'amica del cuore. E sarò generoso: ti do un mese di tempo. Pensi di farcela?

Ecco un'altra cosa che non ho detto, e mi sa che è la piú importante, cioè che io, fino ai quattordici anni, di amiche non ne avevo, ed ero piú solitaria di un verme solitario. Mentre mio fratello aveva amici e conoscenze a pacchi, io me ne stavo rintanata in qualche angolo con un libro. Certo, al paese c'era mia cugina: abbiamo la stessa età e siamo cresciute insieme, quindi non avevo dovuto conquistarmi la sua amicizia. Anche l'amicizia era, per cosí dire, cresciuta insieme a noi. E io mi accontentavo di parlare con lei.

In paese poi ci si conosceva tutti e forse a me bastavano i «ciao, Caterina!», quando ci si incrociava nelle quattro strade che lo attraversano, o quando entravo in panetteria o dal droghiere, e non mi sentivo sola.

Ma papà, che lavora in banca, ha avuto una promozione e ci siamo trasferiti in una grande città, dove sarei stata sola davvero. Niente cugina, una scuola nuova, il passaggio fatidico dalle medie alle superiori. C'era di che essere spaventati, e io lo ero.

Cosí ci eravamo trasferiti e mio fratello mi aveva

lanciato la sua scommessa provocatoria. – E cosa vinco, se accetto? – ho chiesto.

– Vorrai dire cosa perdi! – ha sghignazzato il *brother*. – Dovrai pagarmi dieci gelati da Crispino e una ricarica da venti euro al cellulare.

Io e mio fratello condividiamo la passione per i gelati e Crispino è stata, all'inizio, l'unica nota dolce della nuova città: un gelataio con la G maiuscola!

Quanto alla ricarica del cellulare, non avrei saputo cosa farmene, visto che non avevo mai nessuno da chiamare.

Ma se avessi vinto, ho pensato, avrei anche avuto un'amica del cuore a cui telefonare. E allora mi è venuta voglia di vincerla, quella scommessa, e non per puntiglio. Per la prima volta desideravo davvero un'amica, perché la città era troppo grande e caotica per sopravviverci da soli e perché forse, col ciuffo fucsia, mi erano balzati in testa anche dei pensieri nuovi e stavo finalmente per diventare una ragazzina piú moderna e normale.

– Accetto, – ho detto allora. – Però voglio un mese da quando inizia la scuola.

– Ci siamo trasferiti da venti giorni, la mamma ci ha subito iscritti in palestra. Io ho già conosciuto un sacco di gente fighissima, e tu zero! Se credi che a scuola sarai piú fortunata... ne dubito, ma voglio essere generoso. La scuola inizia tra nove giorni. Tra nove giorni partirà il countdown. Entro un mese voglio vedere una che bazzica questa casa e mi giura, con la mano sul cuore, che è la tua amica del cuore!

Be', non c'è dubbio, mio fratello sapeva rigirare il coltello nella piaga.

– D'accordo. Affare fatto, Edoardo Camillo!

E mi sono presa la rivincita di chiamarlo, non solo per nome, ma per doppio nome, cosa che non sopporta.

– Se mi chiami ancora cosí, ti scortico viva! – ha urlato infatti, facendo seguire questa minaccia da una sequela di parolacce irripetibili.

Non ve l'ho detto, ma lui va chiamato solo ed esclusivamente Ed, pena la vita se ci si dimentica.

Da quando è uscita la saga dei film sui vampiri e ha visto *Twilight*, accetta anche di essere chiamato Edward, in omaggio a Edward Anthony Masen Cullen, il bel protagonista della serie, di cui ha tentato pure di imitare la pettinatura, con risultati penosi.

2
Barbara

Non era decisamente il mio tipo. Masticava perennemente una cicca, con schiocchi rumorosi e continui della lingua sul palato, intervallati a bolle ben gonfiate che le scoppiavano in faccia. Poi con la lingua doveva raccogliere, ai lati delle labbra, i brandelli di gomma da masticare appiccicati, in genere rosa. Sembrava un ruminante.

Contribuiva a dare questa impressione anche il terribile anello al naso: un piercing che a me, personalmente, dava un po' di nausea guardare e che intensificava l'effetto toro. Barbara ha anche tre anelli all'orecchio destro e un piercing fatto a chiodo sul sopracciglio sinistro.

– Ne avevo uno anche sulla lingua, – mi ha raccontato Barbara, accorgendosi che le guardavo l'anello al naso. – Ma ho dovuto toglierlo, intralciava un tot il chewing gum, e a me masticar cicche piace una

cifra. Alla fine, tra piercing e cicca, ho sacrificato il piercing.

Io ho balbettato uno stupido: – Capisco!

In realtà non capivo affatto. Non ho mai amato i chewing gum, nemmeno da bambina, e in quanto ai piercing, mi hanno sempre fatto impressione.

Sono una fifona, con una bassissima soglia del dolore, e non mi sono neanche fatta forare le orecchie, benché mi piacciano gli orecchini, che porto solo con le clip. Mia madre mi ha sempre presa in giro dicendo: – Tu ti faresti anestetizzare anche per tagliarti le unghie!

Be', quando guardo un piercing, non vedo un gioiello, una decorazione luccicante e metallica, ma uno strumento di tortura: non posso fare a meno di visualizzare l'operazione eseguita per bucare la carne e mi pare di sentirne l'atroce dolore.

Come se mi avesse letto nel pensiero, quel giorno, Barbara ha aggiunto: – Forare la lingua fa male una cifra. Hai presente quando per sbaglio le dai un morso forte credendo di addentare, che so io, una salsiccia? Ecco, molto, ma molto peggio!

Io sono rabbrividita.

Senz'altro il mio ciuffo fucsia l'aveva tratta in inganno e credeva di parlare con una sorella di trasgressioni nel look.

Eravamo negli spogliatoi della palestra Forza e Coraggio. La palestra dove Edoardo aveva già conosciuto «un sacco di gente fighissima e io zero».

Chi l'aveva chiamata cosí doveva aver creduto che quel nome fosse una pensata molto furba e originale: Forza e Coraggio... ridicolo!

Per me poi, che in quanto ad attività fisiche e ginniche non avevo né forza né coraggio, e specialmente nessuna voglia, quel nome era una vera presa in giro.

Ma per la mamma, dopo che il dottor Braschi, medico di famiglia, mi aveva diagnosticato una leggera scoliosi, era diventato un imperativo salutista che io facessi dell'attività fisica.

Cosí, appena trasferiti in città, mi aveva iscritta alla Forza e Coraggio, dove avrei dovuto recarmi due volte alla settimana: un giorno ginnastica a corpo libero e l'altro pallavolo. Mio fratello seguiva invece un corso di kick boxing. Immagino che, per uno che ama le pellicole forti, sia importante imparare a difendersi e ad aggredire, perché senz'altro percepisce il mondo intero come un pericolo. Ma torniamo a me: ginnastica e pallavolo.

La pallavolo, a parte la mancanza di mira e la mia scarsa coordinazione, non mi dispiaceva. Ma la ginnastica a corpo libero la detestavo letteralmente.

Quel giorno c'era ginnastica a corpo libero.

Speravo fosse almeno un'occasione per socializzare, ma ero partita subito col piede sbagliato.

Anche se la mia testa nera e fucsia, lo si può ben dire, era stata un vero colpo di testa, e anche se dicono che l'abito non fa il monaco, i miei, di abiti, facevano di me una monaca, purtroppo. Una monaca con un'acconciatura incongrua, d'accordo, ma pur sempre una monaca.

Mamma mi faceva vestire unicamente in modo antiquato e ancora da infante, benché avessi quattordici anni. E siccome di soldi personali, in tasca, ne avevo ben pochi e i vestiti li comprava lei, per ora mi ero adeguata. Camicette bianche e gonnelline blu, stile collegiale inglese, erano ancora il meglio, se confrontate con la biancheria intima che però, fino a ora, pochi avevano avuto l'onore e l'ardire di ammirare. Giusto il dottor Braschi, quando mi visitava, e mio fratello che aveva la pessima abitudine di piombarmi in camera senza bussare.

Ma adesso una trentina di ragazzine, tutte pizzi e fronzoli, in reggiseno a balconcino e microscopiche mutandine trasparenti, potevano osservare, con gridolini d'orrore, le mie magliette mezza manica di lana a giro collo e le semplici e orrende mutande bianche di cotone, con l'elastico alto, che io indossavo come uno scafandro.

Mentre ci cambiavamo negli spogliatoi per indossare la tuta, una di quelle simpatiche carogne, dopo appena due o tre lezioni, mi ha soprannominata «La maglia del nonno».

Forse ho puntato su Barbara perché, dopo avermi fatto esplodere davanti una bolla di chewing gum rosa, mi ha detto, alzando le spalle: – Non te la prendere!

E la volta dopo mi ha passato un pacchettino dicendo: – Regalo, se non ti offende o ti fa schifo che non sono nuove.

Dentro c'erano due paia di mutandine: una nera col pizzo e l'altra grigia, con dei cuoricini neri in rilievo. Erano lavate, stirate e per nulla sciupate. Sembravano nuove.

– Erano mie, ma non mi stanno piú. Ho messo su un tot di chili, guarda che culo! – ha detto ridendo e girando su se stessa.

Mi è sembrato un gesto cosí generoso, una specie di salvagente gettato a chi sta affogando nel ridicolo, che non solo gliene sono stata grata, ma le ho anche detto: – Vuoi venire con me a mangiare un gelato, sabato alle tre? Offro io. Conosco una gelateria buona... una cifra! – ho terminato, adeguandomi al suo gergo per avere piú possibilità di farmela amica.

– Come no, adoro i gelati! Tutt'al piú metterò su un altro etto di culo, no? – Ed è scoppiata a ridere facendo ondeggiare l'anello al naso.

La sua risata era simpatica e contagiosa e, anche se non aveva l'aria dell'intellettuale con cui condividere i miei interessi, be', a una persona buona e generosa, potevo offrire una chance di diventare mia amica.

O forse era lei che offriva un'opportunità a me di diventare piú alla mano e meno orso nei rapporti umani.

Comunque sia, avevo un appuntamento. Il primo da quando Caterina (cioè la sottoscritta) era andata in città.

3
Alessandra

Alessandra invece era il mio tipo.

L'ho notata già il primo giorno di scuola, perché si è seduta nel banco centrale della prima fila, di fronte alla cattedra, quello che di solito viene evitato da tutti. Segno che era una secchiona o per lo meno una tipa seria e studiosa. Io, per il fatto di essere seria e studiosa, ero sempre stata considerata noiosa, e quindi evitata come possibile amica.

Ho pensato allora che con quella ragazza avrei avuto qualche chance in piú e mi sono seduta accanto a lei, visto che nessuno pareva avere intenzione di farlo, dicendo: – Posso? Ti disturbo? O aspetti qualche amica?

– No, no, siediti pure –. Poi si è presentata: – Alessandra Barbieri.

– Caterina Marra. Sai, io non conosco nessuno. Mi sono trasferita in città da un mese appena, – le ho confidato. Lei mi ha sorriso, incoraggiante.

Era chiaro che molti, a coppie o gruppetti, si conoscevano già dalle scuole medie, ma io mi sentivo come un pesce fuor d'acqua.

– Ti pare che ci sia qualcuno di appetibile? – mi ha chiesto Alessandra, guardandosi intorno con aria critica.

Era chiaro che si riferiva ai maschi che per me, che non avevo neppure amiche femmine, appartenevano a un universo parallelo del tutto ignoto. Ho fatto finta però di esaminarli. Tanti brufoli, parecchia goffaggine e molti di loro ancora decisamente bambocci. Non mi sembrava ci fosse granché da vedere.

– Sconfortante! – ha concluso il suo esame Alessandra, a quanto pare d'accordo con me.

– Molto promettente per un venditore di prodotti antiacne, – ho detto io, strappandole una risata.

Quella risata e la scommessa con mio fratello mi hanno resa audace. Se volevo farmi un'amica del cuore entro un mese, dovevo gettare le fondamenta molto in fretta. Perché non partire già dal primo giorno di scuola?

Allora mi sono lanciata, superando d'un balzo circa un decennio e mezzo di timidezza: – Ti va, uno di questi giorni, di venire a fare un giro con me? Potremmo andare a mangiarci un gelato in un posto speciale.

– Da Crispino? – ha chiesto lei.

Cosa credevo, di aver scoperto l'America? Io, l'emigrante? Sono arrossita. – Scusa, lo conosci già... – ho balbettato.

– Be', è famosissimo. E poi sta praticamente sotto casa mia. Questo non vuol dire che declino l'offerta: Crispino è sempre un invito a nozze! Per me è okay, però sabato.

Quello del gelato era diventato un leitmotiv, la timidezza mi faceva ripetere la stessa identica proposta che avevo fatto a Barbara, ma io non conoscevo ancora la città, i suoi negozi, i parchi, i punti di ritrovo. Avevo individuato un buon gelataio e lo usavo, forse perché la scommessa era anche giocata a gelati.

Insomma, a colpi di gelato, e non di spada o fioretto, Caterina D'Artagnan sfidava un'altra ragazza a diventarle amica.

Il guaio è che anche Alessandra proponeva il sabato e io avevo già un appuntamento alle tre con Barbara, e nello stesso posto.

– Ti va bene alle due? Perché alle tre ho un impegno, – ho detto, già confusa da questo eccesso di vita sociale con rischio di appuntamenti accavallati.

– Vada per le due.

– Festeggiamo l'inizio della scuola.

– È ironico, vero? Vuoi dire che affogheremo in un chilo di cioccolato, crema e pistacchio, con aggiunta di panna, il dispiacere per questo evento nefasto, spero!

Ho sentito di nuovo il sangue che mi saliva alle gote. Che fregatura, arrossire in continuazione! L'avevo appena conosciuta e già facevo una gaffe. Ero cosí sicura che, come me, amasse lo studio. Ma sono riuscita a trovare una buona scusa: – Ma certo, mica sono contenta, io! Solo credevo che a te piacesse la scuola, perché ti sei seduta al primo banco. Sai, di solito...

– Pura strategia! – mi ha interrotto lei. – I prof ti etichettano subito come un'alunna modello e quindi, per metà, lo sei già. I loro giudizi sono molto condizionati dall'impressione che suscitiamo, l'hai notato?

– Oh, già.

Veramente, un pensiero cosí sottile e opportunistico, io non l'avevo mai fatto. – E l'altra metà, però? – ho osato chiederle.

– All'altra metà ci pensa la mia intelligenza. Non sono studiosa, ma brillante, dicono. Lo so, adesso penserai che me la tiro, ma in effetti credo di essere intelligente. Io studio la metà di molta gente che conosco, però i miei risultati scolastici sono superiori.

Che fortuna!

Non le ho detto che io, invece, ero considerata una secchiona e che, se non avevo tutti i compiti fatti e finiti e le lezioni perfettamente studiate, la notte rischiavo crisi d'insonnia o di singhiozzo, o meglio di tutte e due le cose perché, se mi veniva il singhiozzo, mi svegliavo, e se mi svegliavo con l'ansia, spesso mi veniva il singhiozzo.

Insomma, mi ero fatta l'idea che, per farmi un'amica, per ora dovevo tacere molte cose di me e adeguarmi, piú che potevo, ai gusti o alle abitudini che intuivo nella prescelta.

4
Valentina

Di lei, Valentina Valenti, la prima cosa che ho notato, e che nessuno poteva non notare, è stata la bellezza. Valentina è bellissima. Ma forse anche qualcosa di piú, perché di belle ce ne sono, ma non tutte hanno fascino. Valentina emana un fascino speciale.

Tutti i maschi della classe, quarta ginnasio liceo classico, il primo giorno avevano gli occhi puntati su di lei. E anche i giorni seguenti, devo dire, cosa che dava un gran da fare ai professori che, mentre spiegavano, si ritrovavano dodici teste su ventotto girate all'indietro, perché Valentina si era piazzata nell'ultima fila di banchi, in un angolo, uno dei posti piú ambiti da chi vuole stare il piú lontano possibile dalla cattedra e dai prof.

La cosa è durata pochi giorni, la scuola era iniziata un martedí e il venerdí la prof Cinieri, d'italiano, è esplosa: – Valenti e Marra fate cambio di banco, immediatamente!

Io mi sono alzata, desolata di perdere, dopo soli

tre giorni, il posto accanto a quella che avevo eletto a ipotetica e futura amica del cuore: Alessandra.

Intanto che mettevo insieme le mie cose, astuccio, libri, quaderni e penne, la prof si è rivolta ai maschi con un certo spirito caustico: – Almeno non vi verrà il torcicollo. Certo i vostri ormoni impazziti dovranno accontentarsi dello stimolo dei soli capelli di Valentina Valenti, visti da dietro!

Valentina, comunque, ha una splendida capigliatura da leonessa, e adesso dodici paia di occhi maschili accarezzano le sue spalle e le morbide onde color miele dei lunghi capelli che le arrivano a fondo schiena.

Lei ha fatto prima di me perché... be', perché sono un'imbranata e l'astuccio mi è caduto e, siccome non l'avevo chiuso, penne e matite si sono sparse per terra. Cosí, mentre cercavo di rimettere insieme i miei averi scolastici, carponi, Valentina è arrivata a prendere il mio posto con quattro cose in croce sottobraccio. Come poteva avere cosí poca roba? Non pareva nemmeno che frequentassimo la stessa classe.

Ho sentito Alessandra che le sibilava: – Se Maometto non va alla montagna, la montagna... d'ignoranza, va a Maometto!

Non ho avuto modo di capire cosa volesse dire

con questa frase e, dopo cinque minuti, neanche ci ho pensato piú perché avevo ben altro di cui preoccuparmi. Infatti, la prof Cinieri ha fatto di nuovo sfoggio del suo spirito alla soda caustica, questa volta purtroppo a mio uso e consumo: – Per favore, Caterina Marra, non vorrai metterti a dar spettacolo pure tu! Dovremmo leggere Manzoni, non la marca delle tue mutande. Anche se i soliti Magnifici Dodici sembrano apprezzare il cambio d'autore!

Che figura di cacca! Per fortuna almeno indossavo le mutandine che mi aveva regalato Barbara, ma la cosa non mi consolava affatto. Anzi, nella mia posizione (carponi, lo ripeto!), le mutande materne, stile scafandro, sarebbero state preferibili. Ero annichilita dalla vergogna.

A questo punto, ero ben felice di rintanarmi nell'ultimo banco, dove purtroppo mi hanno seguito gli sguardi di tutti.

– La cattedra è qui! Io sono qui e sono la vostra professoressa! – si è messa a urlare la Cinieri. – Devo mostrarvelo gesticolando e mimando, come durante le dimostrazioni di sicurezza da parte delle hostess sugli aerei? – E si è messa a farlo davvero! – Cattedra! – ha segnalato con ampi gesti. – Professoressa d'italiano! – e si è indicata con due indici puntati, poi ha mimato dei segnali luminosi.

Ridevano tutti, tranne me che ero ancora troppo umiliata per farlo. Però, devo ammetterlo, la Cinieri è un mimo eccezionale, potrebbe fare il clown e si è guadagnata un bel po' di punti-simpatia. Ed è riuscita anche a catturare di nuovo l'attenzione e a riportarla su «quel ramo del lago di Como».

Durante la ricreazione, Valentina Valenti mi si è avvicinata e si è scusata per avermi costretta a cambiare posto. – Posso farmi perdonare? Ti posso offrire una merenda o...

Non ci crederete, ma io ho detto: – Un gelato da Crispino. Ma non me lo devi offrire, possiamo trovarci lí, uno di questi giorni, e poi fare due chiacchiere o un giro insieme.

– Come no! Facciamo già domani, se vuoi. Io sono da quelle parti subito dopo pranzo.

Attimo di panico e improvvisa presa di coscienza del fatto che avrei dovuto mangiare tre gelati in un pomeriggio, un po' troppo anche per un'amante di gelati come me. – Be', subito dopo pranzo, non posso. Si potrebbe fare alle quattro, quattro e mezza?

– Okay, quattro e mezza da Crispino.

Avevo fatto tris. Peccato che fossero tutte e tre nello stesso giorno. Ma io, per paura di perdermi l'occasione, non avevo osato proporre spostamenti di giorno o settimana. Dovevo cogliere l'attimo. E anche digerire tre gelati!

5
Sabato mortale con triplo appuntamento carpiato

Il fatidico sabato è arrivato. Mi era capitato di vedere su YouTube un video, caricato da mio fratello e da certi suoi amici sfegatati e amanti degli sport estremi, girato in montagna, dove si erano deliziati in salti rocamboleschi con lo snowboard, e uno si era pure massacrato i legamenti crociati. Quel video, di cui andavano fieri, l'avevano intitolato *Salto mortale con triplo avvitamento carpiato incrociato doppio*. Ho preso spunto da quel titolo per battezzare il mio sabato.

Triplo, doppio, incrociato, avvitato, mortale... il mio sabato è stato tutto questo, e anche molto di piú. Oserei definirlo «mitico»!

Alle due meno un quarto, per sicurezza, ero davanti a Crispino, emozionatissima, neanche avessi avuto un appuntamento con Robert Pattinson, l'attore di *Twilight*.

Ero cosí in anticipo che, naturalmente, proprio quando è arrivata Alessandra, ero girata dall'altra parte e mi sono sentita battere un colpetto sulla spalla.

Mi sono girata e, con somma sorpresa e anche

con sgomento, mi sono trovata davanti il trio al completo: con Alessandra c'erano anche Barbara e Valentina.

Non riuscivo a crederci, né a capire come fosse possibile, e sono diventata rossa come un pomodoro fino alla radice dei capelli.

Alessandra e Valentina sono scoppiate a ridere, Barbara invece ha sgranato gli occhi, come me, esclamando: – Ma la conoscete anche voi, Caterina?

– Be', certo, è in classe con noi, – ha detto Valentina.

– Tu, piuttosto, come fai a conoscerla? – ha chiesto Alessandra.

– Siamo compagne di corso in palestra, – ha spiegato Barbara. – Anzi, avevamo un appuntamento qui, alle tre, per prendere un gelato.

– Ah sí, che coincidenza! – ha esclamato Valentina. – A me ha dato appuntamento alle quattro e mezza e Alessandra doveva trovarsi con lei adesso, cosí ho pensato di accompagnarla, per evitare a Caterina un'indigestione di gelati.

Volevo sprofondare, sparire nelle viscere della terra, ma Alessandra, vedendo la mia vergogna, mi è venuta in soccorso, aggiungendo: – E anche per avere piú tempo di stare insieme e di fare due chiacchiere. Sai, Valentina è la mia amica del cuore. Oggi dovevamo fare i compiti a casa mia. Le ho chiesto di accompagnarmi a prendere un gelato con te, ed è saltato fuori che anche lei aveva un appuntamento analogo, dopo. Ho pensato che non ti dispiacesse vederci tutte e due insieme.

– No certo, ma... – ho balbettato, guardando Barbara come se fosse stata un ectoplasma e non una ragazza. Il suo ruolo non lo capivo ancora.

– Be', sua madre e la mia erano sorelle, – ha detto, facendo esplodere una bolla rosa di chewing gum in direzione di Alessandra.

– Sono sorelle, vorrai dire, – ho avuto la pessima idea di puntualizzare io, che ho la mania di correggere i tempi e i modi dei verbi, quando uno li sbaglia. Barbara poi, lo avevo già notato, era una di quelle che non ne imbrocca uno, specie il congiuntivo e il condizionale.

Ma Barbara, purtroppo, questa volta non si era sbagliata: – Erano, erano... perché mia mamma è morta.

Avrei voluto morire io, per la gaffe terribile, ma mentre mi lanciavo in una sequela di «Scusa, scusa, scusa...», lei mi ha battuto una mano sulla spalla: – *No te preocupes*, come diceva la mia tata spagnola, tanto non me la ricordo neanche, la mamma è morta che avevo solo un anno. Insomma, io e Ale siamo cugine! Ero a pranzo da lei e mi ha chiesto di uscire con loro.

– Pensavo di presentartela, ma visto che vi conoscete già... – ha aggiunto Alessandra.

– Oh sí, amiche per la pelle, si può dire: lei porta le mie mutande!

– Grigie coi cuoricini neri in rilievo? – ha chiesto Valentina che, insieme all'intera classe, aveva potuto ammirarle quella mattina.

– Come fai a saperlo? – E mentre Barbara rideva, staccando intanto con la lingua i brandelli di cicca appiccicati ai lati delle labbra, io sono scoppiata a piangere. Mi vergogno a raccontarlo, ma come cronista di questa storia non posso omettere niente. Il vaso era pieno, si potrebbe dire, e ha traboccato. È stata Barbara ad abbracciarmi, dicendo: – Ehi, ehi, ma perché piangi? È una situazione strana un tot, ma da ridere, mica da piangere. Su, su, cosa ti succede?

– Penserete che sono una scema! – ho singhiozzato io.

– E chi ti dice che non ci piacciono le sceme? A me piacciono una cifra, cosí non si aspettano discorsi intelligenti da parte mia! – ha esclamato Barbara, stringendomi forte. Le volevo già bene. – Prima ci mangiamo il gelato, cosí ti dai una calmata, poi ci spieghi cosa c'è che non va.

Cosí, tra una leccata al pistacchio, una al limone e una alla fragola, che sono i miei tre gusti preferiti, ho raccontato la storia della scommessa e la mia sconsolante mancanza di amicizie, una carestia che immaginavo dovesse continuare a lungo, perché non potevo credere che quelle tre, dopo il pasticcio che avevo combinato, potessero diventare mie amiche.

Invece Alessandra ha detto: – Divertente, hai fatto come D'Artagnan! – È stata lei a notare per prima l'affinità della nostra situazione con quella dei tre moschettieri.

– Dare tre appuntamenti in un giorno solo si chiama «fare dartagnan»? In che lingua, il francese? – ha chiesto Barbara, scatenando la nostra ilarità.

Le ho spiegato chi era D'Artagnan e le ho raccontato della sua triplice sfida, finita appunto con un singolo incontro con tutti e tre i moschettieri.

– Cosí non sei una scema, sei una istruita, vedo! E quella delle figuracce torno a essere io, come da copione. Io però non piango! – mi ha detto Barbara, leccando il suo gelato al gusto... indovinate un po': al gusto di chewing gum alla menta!

– E voi due? – ho chiesto allora, curiosa. – Io credevo non vi conosceste neanche. Siete amiche del cuore e il primo giorno di scuola vi siete messe in due banchi agli antipodi della classe?

– Già, avevamo litigato proprio per il banco, – ha spiegato Alessandra. – Io, per strategia, come ti ho spiegato, volevo stare al primo banco, ma questa fannullona, invece...

– Sono sempre andata male a scuola, capirai se mi salva la tua strategia! Serve solo a offrire ai prof un bersaglio piú a portata di mano! Io volevo stare all'ultimo banco.

– Ma tanto, volente o nolente, sei tornata accanto a me! – ha detto Alessandra e io, che finalmente ne capivo il senso, ho ripetuto la sua citazione a rovescio del famoso detto: «Se la montagna non va a Maometto, Maometto va alla montagna».

– Cosa ti metti in montagna? – ha chiesto Barbara, che non aveva capito niente, mentre Alessandra precisava: – La montagna d'ignoranza, cioè Vale Valenti, volente o nolente è andata a me, Maometto!

– Ehi, vuoi litigare di nuovo? Solo oggi, sai, avevamo fatto pace, – mi ha spiegato Valentina, già un po' imbronciata. – Per questo sono andata a casa sua. Anzi, Caterina, devo confessarti che ti avevo chiesto di uscire con me perché volevo conoscerti meglio: avevo paura che mi rubassi l'amicizia di Alessandra. Siete state compagne di banco per tre giorni e si capisce che tu, a scuola, sei in gamba come Ale –. Poi ha proposto: – Bene, ragazze, andiamo a vincere questa scommessa! I dieci gelati però dovrai dividerli con noi. Per quanto... dovrebbero diventare trenta!

– Cosa vuoi dire? – le ho chiesto io.

– Andiamo a presentarci al fratello. Su, portaci a casa tua! – ha detto Alessandra.

– Tre amiche del cuore dovrebbero diventare trenta gelati e sessanta euro di ricarica cellulare, no? – ha riso Valentina.

Non potevo crederci! E ancor meno ha potuto crederci Edoardo, quando mi ha visto piombare in casa con tre ragazze che gli si sono presentate dicendo: – Piacere, io sono l'amica del cuore di tua sorella.

– No, io sono l'amica del cuore di Caterina!

– Ma no, sono io! E va be', siamo tutte e tre le amiche di tua sorella. Ciao, Edoardo Camillo! – ha concluso Ale, prendendosi anche la soddisfazione di chiamare mio fratello col doppio nome che detestava, come avevo loro raccontato.

– Chiamami Ed o Edward, per piacere! – ha sibilato lui, arrabbiato e incredulo.

– Siamo le amiche di tua sorella, Ed! – hanno cantilenato tutte e tre in coro le mie amiche nuove di zecca.

– Ed hai perso la scommessa, Ed! – ha aggiunto Vale, che adora i giochi di parole.

– Porca p... *bip!*, come c... *bip!* hai fatto? – ha bofonchiato il fratello.

– Ma come cavolo parla? – ha chiesto Barbara.

– Male, ma si censura. Almeno questa è la sua idea, – ho spiegato io. – Edoardo diceva un sacco di parolacce. Solo che i genitori hanno minacciato di spedirlo in un collegio, se continuava. Cosí adesso ha adottato il sistema televisivo. Si autocensura con un *bip!* dopo la prima lettera di ogni parolaccia.

– Come fanno quelli di *Striscia la notizia*, avete presente? – è intervenuto Ed, tutto orgoglioso.

– Come se non si capisse cos'hai voluto dire! – ha riso Valentina.

– È forte una cifra! – ha esclamato Barbara, facendo esplodere una bolla di chewing gum a due centimetri dal naso brufoloso di mio fratello. – Posso rubarti l'idea o è un brevetto esclusivo? Perché sai, a me qualche volta, se sono molto inc... ecco, stavo per dirlo. Insomma, se sono arrabbiata, una qualche brutta parola mi scappa.

– Fai una bolla, invece di dire *bip!* – le ha proposto Ed.

– Che idea! Ma sai che sei forte un tot, Edward!

Mio fratello aveva fatto colpo su Barbara, ma lui non aveva occhi che per Valentina.

Quando le mie nuove amiche se ne sono andate, infatti, ha sospirato: – Okay, ho perso la scommessa, ma pago volentieri perché mi hai portato in casa una dea!

Era solo il pomeriggio del primo sabato, dopo l'inizio della scuola, e io gli avevo portato in casa un harem di amiche del cuore.

Il ragionamento della moltiplicazione, però, non ha funzionato. D'altra parte, poveretto, dove avrebbe trovato sessanta euro, piú la cifra necessaria per pagare trenta gelati? Ma la scommessa era vinta e, specialmente, io non ero piú sola, perché l'amicizia con Vale, Barbara e Alessandra si è poi rivelata vera, solida, indissolubile e fantastica.

Questo libro racconta la storia di quell'amicizia, nata da una scommessa e davanti a quattro gelati.

6
La famiglia stile Mulino Bianco… o quasi

Valentina è stata la prima a invitarmi a casa sua a fare i compiti. Non si erano ancora del tutto calmate le acque tra lei e Alessandra, e non ero sicura se mi avesse invitata per fare un dispetto alla sua storica amica del cuore, o per vera simpatia nei miei confronti.

Entrare a casa di Vale è stato, per me, come scivolare tra le pagine di una rivista di moda patinata. Pensavo che case cosí ci fossero, appunto, solo sulle riviste specializzate di arredamento.

La parte giorno è un grande *open space* su vari livelli, con una scala modernissima, che si avvita su se stessa con un movimento strano, e sale al piano di sopra dove, da una specie di balconata che si affaccia sul piano terra, si accede alle camere da letto e ai bagni.

I bagni sono la cosa che mi ha colpito di piú. Intanto ogni camera ne ha uno suo e le piastrelle hanno colori metallici scintillanti, le luci sembrano quelle di un sofisticato locale notturno o di un bagno turco alla moda, e poi ci sono vasche tonde con idromassaggio, docce con dei soffioni grandi come padelle da *paella* e spruzzi a parete.

In un bagno cosí potrei passarci ore e ore. Ma che dico? Ore e ore ce le passo già a casa mia, nel misero bagnetto che condivido con la mamma. Nel bagno di Valentina, io ci passerei intere giornate!

Anche la camera di Vale era decisamente invidiabile. Alla parete, oltre ai poster degli attori e dei cantanti che amava, c'era la foto di un uomo bellissimo e abbronzato, che assomigliava un po' a George Clooney: sorrideva e teneva abbracciate strette due bambine altrettanto sorridenti, avvolte nella nuvola dei loro lunghi capelli color miele, spettinati dal vento.

– Quello è papi, – ha cinguettato Valentina, con la voce piú dolce che le avessi mai sentito.

– E quelle siete tu e tua sorella?

– Sí, io e Lidia quando eravamo piccole. Mio padre è veramente in gamba e fa il chirurgo. Io lo adoro.

Questo l'avevo già capito, bastava osservare Valentina mentre guardava la foto di suo padre, alla quale aveva dato un posto d'onore in quella stanza. Mi ha raccontato un po' di lui e sembrava che parlasse di un innamorato.

– Mamma invece la detesto! – mi ha confidato. – Lei fa la dermatologa, ma piú che altro riempie di *filler* e botulino le sue clienti ricche e racchie! – Ed è scoppiata a ridere, perché Valentina trova esilaranti i giochi di parole.

Intanto mi portava in giro per la casa e io, circondata da quel lusso raffinato, mi sentivo imbarazzata e ho pensato che ero lontana anni luce dal mondo di Valentina e che l'amicizia, imbastita cosí in fretta, forse non era destinata a durare. Ma a volte, ho poi imparato, è proprio la diversità a creare un legame.

– Dài, smetti di fare «oh» e «ah» d'ammirazione e andiamo a fare merenda, – ha proposto Vale.

Io ho chiuso di scatto la bocca spalancata da triglia imbambolata dallo stupore.

– La bocca puoi tenerla aperta, adesso si mangia! – ha riso Valentina, trascinandomi per mano con sé verso la cucina.

La cucina era uno spazio enorme, rialzata rispetto al salone, e aveva i fuochi, il lavello e un ampio bancone attrezzato al centro della stanza, con una cappa scintillante che pareva il sofisticato marchingegno di un'astronave, piú che un aggeggio che si limita ad aspirare i fumi e gli odori di una cucina.

– Si chiama isola, – mi ha detto Valentina.

– A me sembra un continente. È una roba spaziale!

Io, invece, sembravo la protagonista della poesia del Leopardi che la Cinieri ci aveva dato da studiare a memoria proprio quel giorno: *Il sabato del villaggio*. Ero, cioè, una «donzelletta che vien dalla campagna» e mi sperticavo in complimenti e mi smarrivo in stupori da vera provincialotta.

– Sai come ci hanno definiti, certi amici dei miei? La famiglia del Mulino Bianco.

– Belli, felici, sani, ricchi e sorridenti?

– Sí. I miei genitori sono belli, giovani, ricchi, e innamorati da far schifo, lo ammetto. E noi, fino a pochi anni fa, eravamo i figli modello della famiglia modello. Adesso le pale del Mulino Bianco cominciano a girar male. Colpa mia, prevalentemente: non sopporto piú né mia madre né mia sorella, siamo cane e gatto.

La ascoltavo e intanto mi aggiravo per quella cucina fantastica, sbirciando qua e là. Vale se n'è accorta e mi ha detto: – Ti piace, eh? E guarda qui: se butti gli scarti in questo piccolo lavello, finiscono direttamente in un tritarifiuti.

– È fighissimo un tot! – ho esclamato, facendo il verso alla nostra comune amica Barbara, perché questa era una delle sue tipiche, non troppo raffinate, espressioni.

Ho sentito un leggero colpetto di tosse alle mie spalle, mi sono girata e mi sono trovata davanti la Barbie in versione gigante.

Che figura di m... *bip!*, come avrebbe detto Ed. Quella era di sicuro la sorella maggiore di Vale: doveva essere una tipetta aristocratica, e io avevo appena fatto una figura da grezzona.

– Scusa, ciao, io sono Caterina, un'amica di tua sorella, – mi sono presentata, impacciatissima.

Mentre Valentina sbuffava, con aria scocciata,

la Barbie è scoppiata in una risata argentina e ha detto con tono flautato: – Veramente io sono la mamma di Valentina. Tesoro, allora è questa la tua nuova amica? – ha chiesto poi, rivolta a Vale.

Sono diventata viola in faccia e avrei voluto infilarmi nel tritarifiuti, sperando che mi riducesse all'istante in minutissimi pezzettini. Che super figura di cacca!

– Scusi... Mi perdoni... Non immaginavo... – Non sapevo piú cosa dire e dove guardare e mi sentivo avvampare come una banana flambé.

– Guarda che l'hai solo resa felice! Non le par vero, a quella, di sembrare mia sorella! – ha detto Valentina, con una buona dose di veleno nella voce.

– Ma figurati, ho altri figli oltre a Vale, sai. E lei non è neanche la piú piccola! Sono tre volte mamma, io, altro che sorella!

– Gne gne gnè... gne, gne, gnè! – ha cantilenato Vale, scimmiottando i modi zuccherosi, il tono e le movenze di sua madre. Poi le ha fatto la linguaccia.

Non ci voleva un laureato in psicologia per capire che fra madre e figlia doveva esserci piú di un problema e un quintale di ruggine.

– Ma smettila, Valentina, con le tue assurde gelosie! È solo che Caterina non mi ha guardata bene, – ha commentato la mamma di Vale, ma dal tono si capiva che era compiaciutissima. Poi ha proseguito: – Infatti ha l'aria timida, la tua amica. Come fa a vedere le mie rughe, se tiene gli occhi cosí bassi? – E con una mano affusolata e perfetta, dalle lunghe unghie laccate di viola, senza una sbavatura, la mamma Barbie mi ha sollevato il mento. – Vedi? – ha detto, indirizzandomi il viso verso il suo, piú in alto di svariate decine di centimetri, perché quella specie di vamp, che sosteneva di essere la madre di ben tre figli, era alta almeno un metro e ottanta.

Non so cosa ci fosse da vedere, se non un viso di porcellana dall'incarnato perfetto. Credo che neanche con una lente d'ingrandimento le avrei trovato una ruga, ed era bellissima, piú bella di Valentina, perché una donna che ha fascino, secondo me, riesce a essere piú bella di una ragazzina: sa vestirsi, truccarsi, va sempre dalla parrucchiera, ecc.

– Mamma, hai finito la tua performance? Vuoi smammare e lasciarci fare merenda in pace, o devo appellarmi al diritto alla privacy? – le ha intimato Valentina, durissima.

Sua madre l'ha guardata severa e, ancor piú fredda di lei, ha detto: – Bene, io vado. Se volete, sono appena passata in pasticceria, e qui ci sono cannoli e bignè –. E ha porto a Valentina un vassoio avvolto in una carta dorata. – Sempre che ti vada bene qualcosa che è stato maneggiato da tua madre. Potrei averlo inquinato! Ciao Caterina, piacere di averti conosciuta.

Poi la Barbie mi ha stretto la mano ed è uscita ancheggiando dalla cucina. Cioè, non è uscita, ma si è allontanata, perché non si può uscire da un *open space*. Comunque è sparita dietro una quinta di librerie e rigogliose piante in vaso.

Io ho fatto un fischio e ho detto: – Accidenti, sei dura con tua madre! Io, se trattassi cosí la mia, non credo che sarei qui, perché mi avrebbe già polverizzata.

– Perché tu non hai una madre piú bella di te che le tue amiche scambiano per tua sorella minore!

– Ma no, scusa... Okay, l'ho scambiata per tua sorella, ma non minore, maggiore. Non mi hai detto che hai una sorella di diciotto anni?

– Ti sei confusa: è mio fratello che ha diciotto anni. Lidia, quella peste di mia sorella, ne ha solo undici... quasi dodici. Comunque, l'affronto non cambia di molto: hai preso mia madre per una diciottenne, e questo mi fa girare le palle a elica, se proprio vuoi saperlo!

– Mah, io credo che sarei orgogliosa di avere dei genitori come i tuoi.

– Hai presente il film *Sette anni in Tibet*? – ha chiesto Vale.

Non capivo assolutamente come la cosa potesse c'entrare con sua madre e perché Valentina fosse saltata cosí, all'improvviso, di palo in frasca, ma non mi pareva vero che avesse cambiato argomento e fosse scesa, per cosí dire, sul mio terreno. Finalmente potevo dimostrarmi all'altezza e sfoggiare la mia passione per il cinema e la mia memoria da elefante in materia.

– Sí, certo, – ho detto. – Io sono una vera cinefila.

– Ti piacciono i cani? Mica ci sono dei cani in quel film! Be', sí, due, ma decisamente bruttarelli, in quella scena disgustosa dove i protagonisti vanno a rubare la pappa ai cani, mangiando con le mani quella sbobba, proprio dalla ciotola dei due botoli. Giusto?

Ero allibita. – Be', sí, c'è quella scena. Ma io non amo i cani. Anzi, a dir la verità, ne ho un vero terrore. Io amo i film: sono cinefila, non cinofila.

Per fortuna, Valentina non si è offesa perché le facevo notare un'ignoranza linguistica, e neppure si è vergognata della gaffe (io, al posto suo, sarei diventata un pomodoro!), ma anzi è scoppiata a ridere: – Ah, che buffo, si dice quasi uguale! – Intanto aveva scartato il vassoio di paste e non mi pareva che le avrebbe disdegnate solo perché le aveva toccate sua madre.

Ci siamo messe a mangiare cannoli e bignè e Vale ha stappato una coca-cola.

Io intanto, ancora imbarazzata per averla corretta, mi ero già lanciata in una specie di recensione personale del film: – Ho adorato quel film. Sai, io sono una molto solitaria, amo la natura, i boschi e le montagne. Mi è piaciuto tantissimo quel rapporto viscerale e assoluto con la montagna che ti fa entrare profondamente in te stesso e in connessione con la natura. E poi i luoghi esotici... che meraviglia sarebbe poter viaggiare per entrare in contatto con culture cosí diverse e lontane, non trovi?

– Io veramente ho guardato quel film per un motivo erotico, non esotico. Hai visto, ho fatto un altro gioco di parole! Insomma, a me il film interessava solo perché c'era Brad Pitt, che è il mio ideale di maschio.

Avevo toppato un'altra volta e ho balbettato: – Be', certo, lui è proprio bello.

– Comunque, ti ho citato il film per una ragione diversa. Hai presente quell'altra scena schifosetta dei vermi?

Stavo per dire: «Sí, ma non sono neanche vermofila!», ma mi sono trattenuta. Non volevo fare altre figuracce e non capivo dove volesse andare a parare, cosí l'ho lasciata continuare.

– Ricordi? Si racconta che un tibetano non vuole uccidere neppure un verme perché pensa che nelle vite precedenti quel verme poteva essere sua madre. Ecco, io so perfettamente che mia madre nella vita precedente era un verme, e adesso si è appena appena evoluta in una serpe: una serpe vestita e truccata da top model, ma pur sempre una serpe!

Boccheggiavo, come un pesce fuor d'acqua.

– Ti ho scandalizzato? – mi ha chiesto Valentina, con un sorriso ironico.

– No... ma... Be', insomma, non ho mai sentito nessuno parlare cosí di una madre...

– C'è sempre una prima volta! – E Vale è scoppiata in un'altra delle sue risate squillanti. E quando rideva, non c'è niente da fare, mi era proprio simpatica.

– Di' la verità, non l'hai mai avuta un'amica cosí!

– Io non ho mai avuto un'amica in generale, a dire il vero! E quasi quasi ancora non ci credo, ma... davvero sei mia amica, Vale?

Lei mi ha abbracciata: – Ma certo, sei un tipo buffo, ma mi piaci. Anch'io non ho mai avuto un'amica cinofi... no, cinefila, giusto?

– Giusto.

– E la novità mi piace una cifra, come direbbe la nostra comune amica Barbara. Sai che barba, se tutti avessimo in testa le stesse cose! Ehi, anche *Barbara* e *barba* sono parole che si somigliano, eh? – E ha ricominciato a ridere, sputacchiando briciole di cannolo sporche di crema.

Ogni tanto a Valentina veniva la ridarella e, quando le capitava, era contagiosa. Io non avevo riso mai cosí con nessuno e mi faceva bene: era come riempirsi di bollicine, diventare una bevanda effervescente e sentirsi piú leggeri e vaporosi.

7
La famiglia troppo allargata

Quando Alessandra ha saputo che ero stata invitata, da sola, a casa di Valentina, subito mi ha chiesto: – Ti va di venire a casa mia a fare i compiti, domani?

– Certo. C'è anche Vale? – le ho domandato, sapendo che avevano l'abitudine di trovarsi sempre insieme.

– No, domani no. Pensavo che in due si studia meglio che in tre, e io devo prepararmi per l'interrogazione d'inglese: preferisco concentrarmi e darci sotto. Tu sei la compagna di studio ideale, e poi in inglese sei brava parecchio, no?

– Be', sí, mi piace e alle medie ero tra i migliori. Qui, però, la prof mi fa venire i sudori freddi e credo che, invece di parlare inglese, balbetterò, quando sarà il mio turno d'interrogazione, – le ho confessato.

La Bertaccio, che noi avevamo soprannominato «Bertaccio, fredda come il ghiaccio», era un'anziana professoressa d'inglese che ricordava appunto un iceberg: glaciale, tagliente, appuntita e spigolosa, decisamente mortale. L'intera classe, davanti a lei, si sentiva come un *Titanic* destinato al naufragio in acque gelide.

– Appunto, ho paura anch'io. Quindi vieni a darmi una mano, d'accordo? – ha chiesto Ale.

– Per un'amica questo e altro! – le ho risposto solidale, perché era una sensazione cosí nuova e fantastica, quella di avere finalmente delle amiche anch'io, che non facevo che rigirarmi in bocca quella parola, *amica*, come fosse una caramella.

Stava capitando una cosa strana: io, l'ultima arrivata, ero stata sí inserita nel gruppo, ma anche presa, da ciascuna di loro, come confidente individuale. Cioè, uscivamo tutte e quattro insieme, per fare spese o anche solo per sbirciare le vetrine dei negozi, per andare al McDonald's o al bar Lo Stuzzico, un punto di ritrovo per i ragazzi della nostra età. Però, sia Vale che Alessandra, e pure Barbara, cercavano anche di incontrarmi da sola, si rivolgevano a me per un consiglio, se avevano un problema con una delle altre, e si confidavano se c'era stata una lite o un'incomprensione tra loro. Ero diventata un po' l'ago della bilancia, e non mi dispiaceva perché ho il carattere giusto, almeno credo: sono abbastanza accomodante, comprensiva e imparziale. E poi cosí mi sentivo importante e ricercata, proprio come amica del cuore, e non solo una ragazza accolta per gentilezza in un gruppo già affiatato: insomma, una che, per cosí dire, fa la ruota di scorta.

Loro si frequentavano da una vita, mentre io dovevo imparare a conoscerle e farmi conoscere a mia volta. Cosí non mi dispiaceva affatto vederle anche una per volta. Non so se mi spiego, ma un gruppo è fatto per la baldoria, due amici invece sono fatti per le confidenze.

Cosí sono andata a casa di Alessandra, sperando che non avremmo solo studiato. E cosí è stato.

Ho interrogato Ale e le ho sentito la lezione d'inglese: era impeccabile.

– Ehi, mi hai invitata qui per umiliarmi? Sembri di madrelingua inglese. Tu non hai affatto bisogno di me! – le ho detto alla fine.

– Invece mi sei utilissima, proprio dicendomi che sembro di madrelingua inglese. È un'iniezione di fiducia, l'unica cosa di cui ho veramente bisogno per affrontare la Bertaccio, fredda come il ghiaccio.

– Ah, allora lo ammetti che come aiuto per studiare non ti servivo affatto? Credevo di essere brava in inglese, e adesso mi sento una principiante!

– Ma va' là! Certo mi è servito un mese estivo in famiglia, in Inghilterra.

– Hai passato un mese intero all'estero, da sola?

– Be', sí, è normale. Alle medie che frequentavo io, ci hanno proposto un programma di scambio in famiglia. Io sono stata un mese da certi Hughes, rischiando la morte per inedia, perché la signora Abigail Hughes era la cuoca piú indecente che abbia mai conosciuto, e la cucina inglese in generale fa decisamente schifo. Però ho imparato la lingua e sono tornata che ero un figurino.

Io, Alessandra magra, non me l'immaginavo proprio. Infatti Ale è piuttosto robusta, anche se è molto estroversa e sicura di sé, e non si preoccupa certo di dieta e aspetto estetico, come fa invece in modo ossessivo Valentina, che non ne avrebbe affatto bisogno.

– Dopo però è toccato a me ospitare per un mese la giovane Bonnie: la figlia, mia coetanea, dei signori Hughes, – ha continuato il suo racconto Alessandra. – E per mia madre è stato un vero shock.

– Come mai?

– Be', mia madre è una tipa un po'... come dire... *new age*. La conoscerai: è un'insegnante di yoga, tutta teorie esoteriche e meditazioni spirituali. Bonnie a tredici anni frequentava già compagnie di sballati diciottenni, fanatici di Marilyn Manson.

– E chi sarebbe? – ho chiesto, sicura di fare una figuraccia.

Infatti Ale ha alzato gli occhi al cielo, esclamando: – Ma tu sei vissuta proprio fuori dal mondo, ragazza mia! Manson è un cantante e attore super trasgressivo, dall'aspetto e dal look demoniaco, accusato di appartenere a sette sataniche. Insomma, Bonnie era dark sul serio! Capirai, mia madre ascolta tutto il giorno le campane tibetane e i canti dei monaci della Mongolia. E Bonnie, invece, sparava per casa, ventiquattr'ore su ventiquattro, pezzi durissimi di musica heavy metal e beveva birra come una spugna.

– Ma a te piaceva? – ho chiesto allibita.

– No, a dire il vero, anche per me era un po' eccessiva, però mi ha insegnato due o tre cosette interessanti, – ha concluso Alessandra, con aria allusiva.

Non ho indagato, immaginavo che c'entrasse il sesso, e non volevo entrare in argomenti di cui sapevo ancor meno che di cantanti satanici.

Allora mi sono lanciata nelle confidenze: – I miei non mi hanno mai lasciata andare in vacanza neppure al centro estivo! La mamma mi vorrebbe sempre attaccata alle sue gonnelle. Adesso è terrorizzata dalla possibilità che voi, le mie nuove amiche, mi portiate sulla strada della perdizione e che la città e le scuole superiori siano fuorvianti peggio di quel Marilyn Manson di cui mi dicevi.

– E non si sbaglia! Seguimi e ti mostrerò cose che voi umani non potreste immaginarvi! – ha esclamato Ale, citando la celebre battuta del film *Blade Runner*, e con una voce simile a quella di mio nonno quando, leggendomi *Cappuccetto Rosso*, faceva la voce del lupo cattivo. Poi è scoppiata in una risata satanica.

Alessandra non è una a cui viene la ridarella come a Valentina, però è lei che fa ridere tutti, perché è buffa, spiritosa, ha una mimica facciale fantastica e sa fare delle imitazioni riuscitissime. Per esempio sa fare sia Stanlio che Ollio, e spesso improvvisa dei dialoghi tra i due, passando rapidamente da un ruolo all'altro. È intenzionata a iscriversi a un corso di teatro o da clown, e secondo me è portatissima, e potrebbe anche fare l'attrice comica.

– Su, fammi vedere navi da combattimento in fiamme al largo dei bastioni di Orione, e raggi B balenare nel buio vicino alle porte di Tannhäuser, – le ho detto allora.

Questo sí, l'ha colpita. Ha spalancato esageratamente la bocca, mimando estrema sorpresa: – Tu sí, non finisci di stupirmi, Katy. Sai a memoria tutto quel pezzo di *Blade Runner*? Non è possibile!

– E io non finisco di stupirmi di non aver mai pensato da sola, prima che lo facessi tu, che per migliorare e cambiare radicalmente il mio nome antiquato, bastava inglesizzarlo in Katy. Be', sí, mio fratello guardava *Blade Runner* una sera che i miei erano fuori, perché neppure quello, se fosse per loro, ci lascerebbero vedere! E mi è piaciuto cosí tanto quel monologo, che ho costretto Edoardo a tornare indietro nel dvd e me lo sono scritto e imparato a memoria. Ma il pezzo davvero bello è la frase dopo.

– E cioè? Io certo non me la ricordo.

– E tutti quei momenti andranno perduti nel tempo come lacrime nella pioggia.

– Accidenti, davvero dice cosí? – ha chiesto Alessandra, di colpo serissima, quasi commossa.

– Certo. A me, sarò stupida, ma questa frase fa venire i brividi, – le ho confessato, un po' imbarazzata.

– Non sei affatto stupida, Katy. Anzi, io credo che tu sia l'amica piú in gamba e piú profonda che abbia mai avuto. E sono contenta, perché io sembro una roccia, e anche una tipa sempre allegra che spacca tutto, ma non è cosí. Ho un sacco di magoni, come mia nonna chiama i dispiaceri.

Scoprivo le gioie dell'amicizia: l'intimità, le confidenze, il fatto che insieme si può ridere, ma si può anche piangere, ed ero grata ad Ale che mi mostrava un lato segreto di se stessa.

Eravamo sedute a gambe incrociate sul suo letto (posizione yoga, avrebbe detto sua madre) e Ale si stava dando uno smalto azzurro alle unghie. – Sai, io ho quella che si chiama una famiglia allargata, ma è un po' troppo allargata per i miei gusti. Anzi, direi che è esagerata e sconfinata! – ha continuato, facendo una faccia buffa, ma capivo che si comportava da clown per non lasciarsi travolgere dalla malinconia.

Io sono stata zitta, e ho fatto bene perché mi ha detto: – Una cosa che mi piace di te, è che sei una che sa ascoltare davvero –. Poi ha proseguito le sue confidenze: – Mio padre, scusa se lo dico, ma è un vero stronzo e un gran donnaiolo. Mia madre fa tanto quella spirituale, ma farebbe chissà che cosa per tornare con lui, uno che non merita neanche di lucidarle le scarpe! Sono separati da cinque anni, ma lei si fa venire l'esaurimento nervoso ogni volta che lui si mette con una nuova, cioè spessissimo! E poi ci sono la Serpe e il Mostro e tutte le fidanzate di papà, ogni volta piú giovani.

Ascoltare va bene, ma ogni tanto qualche informazione serve, cosí ho chiesto: – Scusa, chi sono la Serpe e il Mostro?

– Sai, io ho una sorella molto piú grande, Cecilia, che mio padre ha avuto da un matrimonio precedente, e quella è una vera serpe: subdola e opportunista.

– Be', allora bisogna presentarla alla madre di Valentina, devono essere parenti. Vale definisce sua madre una serpe!

Sono riuscita a farla sorridere, con questa battuta, e a farla decisamente ridere con quella seguente: – Dài, passa al Mostro, che questo invece ce l'hai in esclusiva tu perché di mostri, sicuramente, nella famiglia Valenti non ce ne sono!

– Ah, li hai visti?

– Ho visto la foto di suo padre e quella Barbie di sua madre dal vivo, e mi è bastato!

– Non dovrebbe affatto bastarti, cara! Se non hai visto Alberto, il fratello, ti manca il pezzo forte. Barbara ne è cotta stracotta. Io no, per il semplice fatto che ho un ottimo senso della realtà e so che io, cosí... – e con un ampio gesto Ale ha indicato il contorno del suo corpo, disegnandolo con le curve di una vera cicciona, cosa che lei comunque non è, – fatta cosí e a quattordici anni non posso certo aspirare al fotomodello diciottenne che Vale ha per fratello.

– Be', allora poi cercherò di incontrare il fotomodello. Ma adesso dimmi del Mostro, – l'ho incoraggiata a proseguire.

– Il Mostro è un urlatore di cinque mesi che mio padre ha pensato bene di mettere al mondo insieme a una ventottenne venezuelana.

– Sul serio? Ale, questa che mi stai raccontando è davvero la tua vita e non una soap opera? Non ti stai prendendo gioco di me, perché vengo da un paese dove il massimo dello scandalo è che il panettiere ha sposato la sua fidanzata quando era già incinta?

– Purtroppo no, il Mostro è vero, in carne, ossa... e tanta cacca, una montagna di cacca! È un orrore, quando me l'affidano e pretendono che io impari a cambiargli i pannolini, perché... ormai sei grande, Alessandra! – ha concluso imitando la voce della venezuelana, supponevo.

– Poveretta, be', sí, mi pare una famiglia decisamente allargata!

– Straripata, potrei ben dire!

Allora l'ho abbracciata e siamo rimaste per un po' strette strette, accovacciate sul suo letto, dove ci eravamo scambiate tutte quelle confidenze. Ero felice: è bellissimo l'abbraccio di un'amica.

Quando ci siamo sciolte da quell'abbraccio, Alessandra si è guardata desolata le mani: – Oh, ca...

bip! Non si era ancora asciugato lo smalto, guarda che macello!

Le mie nuove amiche avevano tutte adottato il sistema di autocensura brevettato da Edoardo.

Poi mi ha trascinato ridendo in camera di sua madre: era lí che voleva mostrarmi «cose che voi umani non potreste immaginarvi». Cioè una specie di altarino con una statuetta di Buddha, immagini di santoni indiani, candele e incensi in quantità, ampolle con l'acqua di Lourdes e ciotole con la *vibhuti*, che è una polvere sacra utilizzata nei rituali religiosi induisti o dai guru.

– Questa è di Sai Baba, – mi ha spiegato. – E questa è mia madre, – ha aggiunto mostrandomi la foto di una donna in tuta bianca in una posizione yoga impossibile. – Cosí ti ho presentato la mia famiglia al completo.

– Snodata, – ho commentato, non sapendo cos'altro dire. All'improvviso avevo nostalgia dei miei genitori all'antica, che mi sono apparsi molto normali e rassicuranti, rispetto alla famiglia allargata e stramba di Ale.

8
Quattro Mosche e una zanzara

Io me lo sentivo che ci saremmo messe nei guai. A me l'idea di Barbara sembrava contorta e pazzesca, ma provate a fermarla, quella, quando si mette in testa qualcosa!

Be', andiamo con ordine. È necessario che io faccia un passo indietro e inserisca nel mio racconto qualche info.

Da quando avevo acquisito tre amiche in un sol giorno, la mia vita sociale era decollata. Per lo piú, quando ci trovavamo tutte e quattro, se non andavamo in giro, ci davamo appuntamento a casa di Barbara. E per una ragione ben precisa: era l'unica tana del tutto privata per Le Quattro Mosche.

Mi rendo conto solo ora che non vi ho neanche raccontato di quando e come, per l'appunto a casa di Barbara, ci eravamo battezzate Le Quattro Mosche. Adesso arrivo anche a questo.

Barbara non aveva fratelli e sorelle, e tutte la invidiavamo per questa fortuna. A dir la verità non so se sia davvero una fortuna, in generale e nel corso di un'intera vita, ma noi a quattordici anni eravamo tutte piuttosto allergiche a questo tipo di parenti stretti.

Barbara non aveva neanche una madre, e non si può certo definire una fortuna il fatto che una madre muoia quando sei piccolissima. Non lo era certo, ma questo particolare faceva di Barbara l'unica adolescente che aveva una casa tutta per sé dalla mattina alla sera, cioè da quando alle sette del mattino suo padre usciva per andare ad aprire Il Chiodo Fisso (questo era il fantastico nome del suo negozio di ferramenta) a quando tornava dal lavoro tra le sette e le otto di sera.

Il negozio del padre, la casa e la scuola di Barbara erano cosí distanti che non valeva la pena ritrovarsi per ora di pranzo, cosí Barbara andava sempre a mangiare a casa della cugina Alessandra, dalla zia Rita (la mamma di Ale, insegnante di yoga), che tanto l'aveva allevata come una figlia, dopo che sua sorella Mara, madre di Barbara, era morta cosí giovane in un incidente d'auto.

Ecco perché la casa di Barbara era il posto piú ambito per le nostre riunioni: nessun controllo da parte di un genitore, nessun fratello o sorella che rompesse le scatole. Lí eravamo libere. Non che facessimo chissacché, ma potevamo ascoltare musica a tutto volume, non dovevamo parlare sottovoce quando ordivamo piani segreti o ci facevamo delle confidenze intime, che nel nostro gergo chiamavamo «pissi

pissi». E Valentina, che già fumava di nascosto dai suoi, lí poteva dare sfogo liberamente al suo vizio, divertendosi a esalare perfetti anelli di fumo e a esibire la sigaretta con ampi gesti, come una vamp. È stato proprio a casa di Barbara, la prima volta che ci siamo trovate tutte e quattro, che dopo un pomeriggio di pettegolezzi serrati e risatine, Alessandra ha detto: – Altro che tre moschettieri, noi siamo Le Quattro Mosche! *Bzz... bzz... bzz...* Non facciamo altro che ronzare chiacchiere, confidenze e pettegolezzi!

– Già, tipo Zanzara 96, – ha commentato Valentina.

– Solo che noi non lo facciamo online, su Facebook, – ha aggiunto Barbara.

– Chi è Zanzara 96? – ho chiesto io, che non ne sapevo niente.

– Oh già, tu non puoi saperlo, sei appena arrivata. C'è una tizia... – ha cominciato Alessandra.

– O un tizio. Chi ha detto che sia una ragazza? – l'ha subito interrotta Vale.

– Io dico che una cosa cosí può farla solo una ragazza! – ha detto Ale.

– Io anche, – è intervenuta Barbara.

– Probabile, – ha concesso Valentina. – Però non lo sappiamo e non si può escludere che si tratti di un ragazzo, magari persino di un uomo.

– Già, e perché non di Babbo Natale, allora? – è esplosa Ale, col suo solito sarcasmo. – Insomma, posso raccontare o no? Oppure vuoi spiegarglielo tu, chi è questa calamità di Zanzara 96?

– Uuuh, se sei permalosa, Ale! E continua, va'!

Quelle due, Ale e Vale, anche se erano amiche da anni, non facevano che battibeccare e punzecchiarsi, e litigavano un giorno no e due sí.

– Insomma, questa tizia o questo tizio dall'identità sconosciuta, – ha continuato Alessandra, – dev'essere una o un... – (e ha calcato su quell'*un*) – disgraziato superpettegolo di sedici anni che...

– E chi ha detto che abbia sedici anni? – l'ha interrotta di nuovo Valentina.

– Ah, ma c'hai proprio voglia di litigare, eh? Che cosa vuol dire secondo te quel 96? Che è nata o nato nel '96. E quindi che ora, nel 2012, ha sedici anni!

– Ma potrebbe essere tutto un depistaggio per

confondere ancora di piú e non lasciare indovinare chi è davvero, – ha obiettato Valentina.

– Mi dispiace, Ale, ma questa volta sono d'accordo con lei, – ha detto Barbara.

– Scusate, – sono intervenuta io, che mi sentivo completamente tagliata fuori. – Io cosí non capisco niente.

– Racconta tu, a me è passata la voglia! – ha grugnito Ale.

– Io non racconto, – si è impuntata Valentina.

– A Catarí, vie' con me e fidete, mo' te spiego tutto io! – è intervenuta Barbara, imitando l'accento romanesco di sua nonna, che è nativa della Ciociaria. È andata al computer, già acceso, perché credo che Barbara non lo spenga mai, ed è entrata in Facebook dove ha aperto il profilo di Zanzara 96.

Per farvela breve, 'sta tizia (mi spiace per Vale, ma anch'io penso sia una ragazza) è una specie di Gossip Girl. Sono al corrente che esistono una collana di libri e una serie televisiva intitolate cosí, ma a casa mia fanno parte delle trasmissioni bandite-*vade retro Satana*! Per cui ne so ben poco: solo quello che mi raccontano le ragazze che li leggono o vedono questa serie in tivú. Comunque, so che i libri sono inframmezzati dalle pagine del blog di una misteriosa ragazza che si fa chiamare Gossip Girl e pubblica gossip e pettegolezzi sul gruppo di amici della protagonista.

Bene, Zanzara 96 fa lo stesso su Facebook, e tagga tutti e sa sempre tutto di chiunque frequenti il nostro liceo o una certa compagnia.

Cosí, su Facebook, ho letto un po' dei suoi gossip e guardato le foto taggate e poi ho chiesto: – Ma come cavolo fa? Sembra essere ovunque e contemporaneamente!

– Infatti, io penso che dietro quel nome si nasconda piú di una persona, – ha detto Vale. – Un gruppetto di paparazzi, muniti di cellulari o macchine fotografiche e telecamere, che si sguinzagliano in giro, in discoteche o alle feste piú *in*, o all'interno del liceo classico che frequentiamo noi tre e, non visti, si comportano proprio come i paparazzi delle riviste scandalistiche nei confronti dei divi.

– Solo che lo fanno con noi e perfino con i nostri prof, – ha aggiunto Ale. – Anche se, veramente, a noi quartini non s'interessa affatto, la Zanzara! Lei segue le vicende dei piú grandi.

Noi di quarta ginnasio veniamo chiamati cosí: quartini.

Paradossalmente, comunque, è proprio Barbara, che non frequenta il nostro liceo classico ma fa l'istituto agrario, a seguire piú di tutti su Facebook la pagina di Zanzara 96. Ma si sa, lei adora le telenovelas, le storie d'amore, i gossip e i segreti. E, specialmente, vive su Facebook. – È come una zanzara, capisci? – mi ha spiegato. – Ronza, ronza e punge! E molti chiedono l'amicizia a Zanzara 96 apposta per sapere cosa fanno gli altri, per poter imitare i piú fighi e farsi trovare alle feste che frequentano loro, e per diventare famosi diventando chiacchierati. Capisci?

Per me questo era tutto un mondo nuovo. Io, un po' mi vergogno a dirlo, ma su Facebook neanche c'ero, e non ci sono neppure adesso, né ci voglio entrare, perché non è che mi piaccia molto questo mondo virtuale. E poi ho visto che chi ci entra è perduto, come le mogli di Barbablú quando aprono la famosa porta proibita. Da Facebook si viene risucchiati, come chi viene portato via dal vortice di un ciclone. Infatti, anche se uno pensa «adesso ci entro due minutini», dopo quattro ore, senza capire come e perché, è ancora lí che chatta o vaga da un profilo all'altro come uno spione che sbircia da un buco della serratura in tutte le case. Solo che qui sei tu che offri a tutti il buco della serratura attraverso cui sbirciarti, e ti metti anche in posa come ti pare e agghindi la tua «casa» come credi (è una metafora, wow, la Cinieri sarebbe orgogliosa di me!) per mostrare agli altri il meglio di te, o quello che credi sia il meglio di te. Puoi anche inventarti, su Facebook, e ci sono appunto pure quelli che creano profili di totale fantasia.

Ma sto divagando, però neanche tanto, perché la questione del profilo finto c'entra eccome, in questa storia.

Be', quel primo pomeriggio tutte e quattro a casa di Barbara, abbiamo battezzato il nostro gruppo Le Quattro Mosche, abbiamo brindato con la birra del papà di Barbara che abbiamo trovato in frigo (a me fa schifo, ma non ho osato tirarmi indietro), e poi abbiamo fatto un giuramento di fedeltà, amicizia ed eterno aiuto reciproco, tipo «Uno per tutti, tutti per uno». Solo che noi abbiamo strillato: – UNA MOSCA PER QUATTRO MOSCHE, QUATTRO MOSCHE PER UNA!

Alessandra ha detto: – Che, a chi rompe questo giuramento, possano cadere tutti i denti!

E Valentina: – Che, a chi spezza il giuramento, possano venire in faccia le rughe di una novantenne!

Poi è stata la volta di Barbara: – Guai a chi tradisce, se no... avrà sette anni di guai!

Toccava a me, e le ho fatte ridere tutte dicendo: – A quella che oserà rompere il giuramento, faranno la cacca in testa i piccioni ogni volta che uscirà di casa!

Di tutti gli accidenti che ci eravamo augurate, in caso di tradimento reciproco, abbiamo avuto modo di pentirci nel fatidico pomeriggio in cui, sempre a casa di Barbara, lei ci ha sottoposto una sua idea veramente pazzesca. Ci ha proposto di creare un profilo finto su Facebook, o meglio di creare il profilo, un po' finto e un po' vero, di suo padre e di inserirlo in Facebook a sua insaputa.

Un'idea che non poteva che procurarci dei guai, se l'avessimo aiutata, come pareva che fossimo obbligate a fare dal nostro solenne giuramento.

9
Missione segreta UFPP

Dovete sapere che Barbara ha la fissa di voler trovare una fidanzata per suo padre che, da quando è morta sua madre, non solo non si è né risposato né fidanzato, ma a una nuova compagna pare proprio non pensi affatto.

– Ma perché non lo lasci in pace, pover'uomo? – ho provato a chiederle una volta. – Magari a lui va bene cosí.

– Nessuno vive bene senza amore! – ha decretato la mia amica, fanatica di telenovelas piene di intrecci amorosi. – E poi lui sta male, non lo sa, ma sta male. Io lo vedo: è spento, sempre stanco e triste. Sono sicura che lo fa per me, di non trovarsi una compagna, per paura che io sono gelosa o difendo la memoria di mia madre. Ma si sbaglia, io neanche me la ricordo la mamma, purtroppo, cosa vuoi che difendo!

– Sia e difenda, – l'ho corretta perché, a proposito di difesa, io difendo a spada tratta, come un paladino, l'uso del congiuntivo che si sta perdendo.

Insomma, per me il congiuntivo dovrebbe diventare come il panda, una specie protetta poiché in via d'estinzione. Poi ho chiesto: – Hai provato a dirglielo?

– Sí, ma papà mi ha risposto che sta bene cosí.

– Ecco, appunto!

Barbara non ha colto. L'ho detto, quando si mette in mente qualcosa è inarrestabile, è come un caterpillar. Cosí si è inventata le Missioni Segrete UFPP cioè «Una Fidanzata Per Papà» e ci trascina tutte nell'ultima che le viene in mente. Cioè, prima trascinava Alessandra e Valentina, adesso trascina anche la sottoscritta. Io me ne sono perse un sacco di queste missioni, ma le altre mi hanno aggiornata, con racconti agghiaccianti, tutti rigorosamente a pessimo fine (che è l'esatto contrario del lieto fine).

Ecco come Barbara ci ha esposto il suo nuovo piano per trovare una fidanzata a Corrado Camel-

lini, suo padre: – Raga, stavolta non posso fallire. L'idea è ge-nia-le! Voglio preparare un profilo Facebook di papà. Lo gestirò io e gli troverò una fidanzata. Tanto l'ho capito che tutti i tardoni come lui, uomini e donne, in Facebook ci entrano per rimorchiare!

– Ma sei pazza? Prima o poi dovrai arrivare a un incontro vero, quindi dovrai dirglielo, e lui ti pelerà viva per questa iniziativa, – le ha detto Valentina.

– Zio Corrado detesta Facebook, – è intervenuta Alessandra. – Già non sopporta che tu personalmente ci passi le giornate, e non fa che sgridarti per questo. Figurati se scopre che lo coinvolgi pure!

Io non conoscevo il padre di Barbara bene come le altre, però me lo sentivo a pelle che questa era un'idea cretina, e mi pareva pure poco legale. Cosí ho chiesto: – Ma non sarà vietato creare un'identità fittizia su Facebook?

Ma Barbara era lanciatissima e inarrestabile, e mentre Vale mi rispondeva con un poco rassicurante «Boh, non so!», lei ha continuato: – Ho pensato a tutto. Papà non saprà un tubo e incontrerà l'anima gemella, perché sarò io a vegliare le amicizie su Facebook e a sondare le varie aspiranti a conoscerlo.

– Vagliare. Si dice «vagliare», non «vegliare» –. Questa volta è intervenuta Ale, prima di me, a correggere sua cugina.

L'idea di Barbara era di inserire la vera foto di suo padre, ma con un nome inventato. – Questo perché, se no, corro un tot di rischio: se dei veri amici e parenti di papà, meno retrogradi di lui, sono su Facebook, magari lo vedono e gli chiedono l'amicizia. Poi se li incontra davvero e ci parla, salta fuori tutto e faccio subito una frittata. Giusto?

– Per me la frittata la fai in tutti i casi, – ha decretato Alessandra, polemica. – Va' avanti, comunque. Cosa succederà, quando ti lancerai a fissare un appuntamento con una che t'ispira?

Barbara ha gonfiato un'enorme bolla di chewing gum, questa volta verde, e apposta l'ha fatta esplodere quasi in faccia a sua cugina.

– Che schifo!

– Eh, che schizzinosa! E sei anche una mosca di poca fede. Ascolta, ti dico che stavolta la missione segreta UFPP è stata studiata in modo infallibile.

Quindi ci ha spiegato questa sua trovata, estremamente contorta. Cercherò di spiegarla anch'io.

Per comodità, chiamiamo la tipa individuata da Barbara la Prescelta.

Barbara, facendo finta di essere suo padre, avrebbe fissato un appuntamento con la Prescelta, ma le avrebbe confessato che in realtà si vergognava di avere usato Facebook e gli dispiaceva che si fossero già un po' conosciuti chattando, e quindi le proponeva un gioco. «Quando ci incontreremo, ti prego, fai finta che siamo due perfetti sconosciuti, non parlare di Facebook e di tutto quello che già ci siamo confidati. Rivolgimi la parola come se non sapessi chi sono» cosí le avrebbe detto Barbara, nei panni di Corrado.

– Capite, le darà un appuntamento nel suo negozio di ferramenta, o in un parco, o in un ristorante... insomma, poi deciderò dove, – ha detto Barbara. – Ma, entrambi, d'accordo, si comporteranno come in un incontro casuale.

– Entrambi d'accordo? – sono intervenuta io. – Ma non sono entrambi d'accordo, perché tuo padre in realtà non sa nulla. Vedrà solo una perfetta sconosciuta che tenta di rimorchiarlo.

– Giusto! – hanno approvato in coro Ale e Vale.

– Siete delle disfattone, porco cane! – si è arrabbiata Barbara.

– Disfattiste, Barbara. Si dice «disfattiste», – non ho potuto fare a meno di correggerla ancora.

– Comunque si dice, mi avete rotto le palle!

– Si dica. Comunque si dica, – ho sussurrato.

– Cosa? – ha urlato lei.

– Niente, niente, come non detto.

– Siccome la perfetta sconosciuta sarà la perfetta fidanzata per papà, non ci sarà nessun problema. Lui vorrà conoscerla! L'importante è che lei sappia di non dover dire niente, durante i loro incontri, della progressa conoscenza su Facebook.

Immaginavo che volesse dire «pregressa» conoscenza e non «progressa». Barbara è un disastro in quanto a proprietà di linguaggio, ma nessuna ha piú osato interromperla e lei ha continuato: – Cosí lui non saprà mai che parte ho avuto io nella faccenda. O comunque, se anche poi salterà fuori, ormai me ne sarà solo grato perché sarà innamorato!

– E vissero tutti felici e contenti! – ha concluso Alessandra, con tono super mieloso. – Tu, mia cara cugina, hai letto troppe favole. O meglio, hai visto troppe telenovelas!

– Io lo faccio e, se non volete aiutarmi, siete voi che rompete il giuramento di fedeltà delle Quattro Mosche e sapete bene cosa vi succederà!

Ci siamo guardate sgomente. Potevamo continuare a vivere, sdentate e piene di rughe, sette anni di continui guai e, per giunta, con i piccioni che ci avrebbero fatto la cacca in testa ogni volta che fossimo uscite di casa?

Ma specialmente, potevamo lasciare sola un'amica?

Sospirando ci siamo sedute tutte attorno al computer, pronte a compiere quel misfatto: il profilo Facebook segreto di Corrado Camellini, l'ignaro futuro sposo di un'ipotetica donna che avremmo dovuto identificare in rete e scegliere per lui. Che follia! Però, anche se tutte e tre ci saremmo fatte cavare la lingua pur di non ammetterlo con Barbara, era anche divertente ed eccitante.

– Ecco, – ha detto Barbara, – ho già scelto la foto da mettere nel suo profilo.

– E questo sarebbe mio zio Corrado? – ha chiesto Alessandra incredula.

Valentina è scoppiata a ridere. Io, l'unica che non

aveva mai conosciuto il padre di Barbara, vedevo solo la foto di un bell'uomo bruno e non potevo capire.

– Sono bravina con photoshop, – ha ridacchiato Barbara. – L'ho solo ritoccata un pochettino.

– Un tot e una cifra l'hai ritoccata! – è esplosa Ale. – Zio Corrado ha i capelli già quasi tutti bianchi.

– Eh, che sarà mai! Da qui all'appuntamento, magari riesco a convincerlo a tingerseli, – ha detto Barbara.

Partivamo bene!

– E che lavoro gli vuoi far fare, l'astronauta, cosí ha piú fascino? – ha chiesto Ale, sempre piú caustica.

– Non sono mica pazza! – ha esclamato Barbara, mentre noi ci lanciavamo degli sguardi che smentivano la sua dichiarazione. Poi ha aggiunto: – Papà ha un negozio di ferramenta e ci scriverò che ha un negozio di ferramenta, cosí gli faccio pure pubblicità su Facebook che non guasta. La mia missione UFPP è perfetta sotto diversi punti di vista!

– «Uf pipí» lo dico io! Vado in bagno che mi scappa! – ha esclamato Valentina, e poi le è venuto un attacco di ridarella contagiosa per il gioco di parole che aveva fatto.

Tutte siamo scoppiate a ridere e lei ha dovuto precipitarsi in bagno di corsa perché, con la ridarella, la pipí le scappava ancora di piú.

10
Città grande, bambina piccola

– Non penserai di uscire anche oggi? – ha sbuffato mia madre.

Eravamo a tavola, davanti a un risotto alla milanese giallo e fumante, ed era domenica.

– Non rovinatemi il pranzo anche oggi con una discussione, – ci ha pregato papà, il cui imperativo categorico e la cui massima di vita è la parola *Tranquillità* con la T maiuscola.

Mio padre, quando è a casa, vuole essere lasciato tranquillo. È un accanito bevitore di tè, lettore di gialli e ascoltatore di musica classica. La sua domenica ideale è in poltrona, con un giallo appassionante tra le mani, un cd di Schubert che suona e una delle sue cinque tazze di tè giornaliere davanti.

Mamma non si lamenta, non so se è perché si è abituata o perché comunque ha fatto un voto per cui, ogni domenica, la dedica alle pulizie di casa, e non pretende né gradisce l'aiuto di nessuno, perché tanto nessuno sa pulire e riordinare come lei.

– Vado solo da Barbara a fare i compiti con le mie

amiche. Lo sai che ci sono un sacco di ragazze che alla mia età escono già anche di sera? – ho detto, polemica. – Io non te l'ho mai chiesto... per ora!

– Ha ragione! – è stranamente intervenuto Edoardo.

– Zitto tu, che non sei un esempio per nessuno! – l'ha aggredito la mamma.

– E che c... *bip!* Adesso non posso neanche piú parlare e dire la mia fottuta opinione?

– No, se parli cosí, noooo! – ha strillato la mamma, esasperata.

– Voglio mangiare tranquillo! – ha sospirato papà. – Discutete dopo.

Appena lui si è ritirato nel suo studio, con tazza di tè e giallo, e abbiamo sentito diffondersi le note di un *Notturno* di Chopin, la mamma ha riattaccato: – Hai già visto le tue amiche ieri. Il sabato è per le amiche e la domenica per la famiglia, – ha poi decretato.

– Credevo fosse per Dio, – ha ridacchiato Edoardo.

– Non bestemmiare!

– E chi ha bestemmiato? Non ho detto «perdio»! Ho detto che la domenica è per Dio, cioè viene considerata il giorno del Signore, o no? – ha controbattuto Ed, con un tono angelico fasullo da assoluta presa in giro.

– Sto parlando con tua sorella. Esce troppo. La città è troppo grande e lei è troppo piccola!

– Uh, quanti «troppo»! – ha continuato a sfottere mio fratello, mentre io mi difendevo e attaccavo:

– Ho quattordici anni, mamma, devi fartene una ragione. Non sono piú piccola! E anzi, dato che ci sono, devo dirti anche questo: se non mi compri dei jeans e delle felpe normali, io vado a scuola in mutande, piuttosto che farmi ridere dietro da tutti per la mia divisa da collegiale! – Non ero mai stata cosí combattiva. Sapere di avere delle amiche mi dava coraggio e grinta. – Mi prendono in giro! – ho aggiunto piagnucolosa, perché con la mamma la grinta non era certo la strategia migliore.

– Va bene, – ha sospirato. – Martedí, che ho il pomeriggio libero, andiamo a fare spese insieme. Questo te lo concedo, ma oggi stai a casa. Barbara abita lontano e devi prendere due mezzi, magari torni che è già buio, qui in città non si fa che sentire di gente scippata sugli autobus... Non mi piace saperti in giro sola!

La ascoltavo cercando di non reagire, perché sapevo che sarebbe stato peggio, ma mi sembrava di essere Cappuccetto Rosso, con la mamma che la riempie di raccomandazioni prima che attraversi il bosco. Quasi ero stupita che non mi parlasse di lupi! Intanto lei proseguiva: – Uno di questi giorni, poi, voglio conoscere la mamma di questa Barbara, per essere sicura che non disturbi. Sei sempre a casa sua!

Mi è venuto un attacco di tosse nervosa. Non le avevo detto che Barbara era orfana di madre, se no non mi avrebbe mai permesso di andare in un appartamento vuoto, dove potevamo fare quello che ci pareva. All'improvviso, ci tenevo immensamente alla missione segreta UFPP e speravo solo che Barbara trovasse in fretta una futura moglie per suo padre, cosí avrei potuto presentarla a mia madre e non avrebbe scoperto che le mentivo. Cioè, non le mentivo, ma le tacevo questo particolare, e molti dicono che tacere equivale a mentire.

Inaspettatamente, Ed ha proposto: – L'accompagno e poi la torno a prendere io, ma'. Cosí non è sola. C'è il Grande Fratello a proteggerla! – e ha mimato due mosse di kick boxing.

L'ho guardato stupefatta. La mamma anche. Si capiva che le faceva comunque piacere vedere noi due, solitamente litigiosi e poco compatibili, andare d'accordo e aiutarci. È andata nella «cella del frate trappista», come Ed chiama lo studio di nostro padre, si è consultata con lui e poi ha detto: – D'accordo allora, Edoardo, l'accompagni e passi a riprenderla non piú tardi delle sei.

Mi sono preparata in fretta e in silenzio, prima che *the mother* potesse ripensarci.

Appena siamo stati fuori, ho buttato le braccia

al collo di mio fratello e l'ho ringraziato con grandi effusioni.

– Ehi, non ti allargare, piccola! – ha detto lui, con l'atteggiamento da bulletto tipico di certi film americani, e asciugandosi le guance con gesti disgustati, come se invece di averlo baciato lo avessi sbavato tutto, come fanno i cani bulldog. – Non crederai che lo abbia fatto per te, vero?

L'ho guardato, delusa e interrogativa. Allora mi ha spiegato: – Il mio solo scopo è vedere quella dea che, non so come, sei riuscita a farti amica.

– Ah ecco, ti pareva! – ho sbuffato. – Sei solo uno sporco calcolatore e un opportunista!

– Fa comodo anche a te, mi pare –. Poi ha alzato le spalle dicendo: – Forse avrò preso dalla mamma!

Non capivo in cosa un simile atteggiamento potesse essere messo in relazione con nostra madre, anche se aveva il difetto di essere retrograda.

– Sono un calcolatore perché sono figlio di una ragioniera, una che fa... i calcoli! Capito, adesso? – E mio fratello è scoppiato in una di quelle sue risate asinine e ansimanti che io non reggo proprio.

– Oddio, come sei scemo!

– Attenta a come parli, baby. Potrei aver preso dalla mamma anche l'aspetto... commerciale. Lei lavora nello studio di un commercialista, no?

– Dove vuoi arrivare, Ed, con questi stupidi giochi di parole?

– A qualche spicciolo che passerà dalle tue alle

mie tasche, se vuoi che tenga la bocca chiusa e non dica a nostra madre che Barbara, invece, una madre non ce l'ha!

– Bastardo! – Io di solito non dico certe cose, ma la parola mi è proprio scappata. – E tu come lo sai?

– Mi sta dietro un tot, la Gonfiabolle! E mi ha detto una cifra di cose su di sé. Sorpresa! Mica te l'ha detto, vero? Grandi amiche, ma quando si tratta di cuore, vi tenete strette i vostri segretucci!

Be', che mio fratello fosse simpatico a Barbara me n'ero accorta, ma che lei gli stesse dietro sul serio... Sí, certo, in palestra s'incontravano e si scambiavano quattro chiacchiere, ma io non avevo notato niente di particolare. E poi Barbara non doveva essere cotta di Alberto, il fratello fotomodello di Valentina? Magari per Barbara un fratello valeva l'altro e passava con indifferenza dall'interesse per un ragazzo a quello per un altro, come alternava le cicche alla fragola a quelle alla menta o alla cannella. Gliene avrei parlato, questo era certo.

Adesso il problema era mio fratello e la sua linguaccia biforcuta.

– Non glielo dirai, vero? Sarebbe una carognata! E poi il ricatto mi pare veramente una bassezza... anche piú bassa di te, ecco! – ho concluso con un colpo mancino.

Edoardo è molto sensibile alla parola *basso*, perché l'altezza è il suo problema e il suo complesso. L'ho già detto, Ed è un tappo e ne soffre molto.

D'inverno indossa persino dei ridicoli stivaletti col tacco, ma d'estate in spiaggia soffre come un cane.

Mi ha guardata con odio, poi ha sibilato: – Non voglio soldi, ma qualcosa ti costerà, il mio silenzio! Devi invitare piú spesso a casa Valentina. E adesso devi farmi salire da Barbara, cosí posso vederla. Insomma, voglio che mi aiuti a diventare piú intimo con la dea, chiaro?

Avrei potuto infierire, dirgli che gli occhi verdazzurro dell'altissima Valentina Valenti non si puntavano mai cosí in basso e non lo vedevano neanche. Avrei potuto assicurargli che Vale non si sarebbe mai interessata a lui, neanche se fosse rimasto l'unico maschio sulla faccia della Terra. Io ne ero sicura. Ma, pur non essendo un'opportunista come Ed, neanche sono una stupida kamikaze! Il silenzio di mio fratello era utile e prezioso, avrei spiegato la situazione alle altre e Vale mi avrebbe retto il gioco.

– Okay, – ho dunque accettato.

Gli è anche andata bene perché, quando è salito con me da Barbara, lei gli ha pure offerto di restare per la merenda, facendomi nascere mille dubbi che *the brother* avesse ragione sull'infatuazione della mia amica.

Lui ha cercato, a modo suo, di fare lo spiritoso. Barbara rideva a tutte le battute di dubbio gusto sparate da Ed, Valentina arricciava il nasino aristocratico, e io e Ale ci dimostravamo superiori e indifferenti.

Quando finalmente se n'è andato, ho spiegato la situazione alle altre e alla fine ho chiesto a Barbara: – Ma di' un po', a te piace davvero mio fratello? E dovevi proprio raccontargli che qui noi ci troviamo da sole?

Barbara è arrossita e ha preso tempo, gonfiando una bolla da Guinness dei primati. Poi ha borbottato: – Mi fa ridere un tot, ecco... E poi mica gli ho detto che ci troviamo sole, gli ho solo raccontato che non ho una madre.

– Purtroppo, benché ignorantissimo, mio fratello sa fare due piú due! – le ho detto ironica.

– Ma non ti piaceva mio fratello? – ha chiesto Valentina.

– Certo. Lui è il top, credo. Comunque Alberto è bello, ma noioso. Edward, invece, è divertente una cifra. E comunque mi piace pure Fredo e...

– Vuoi dire Alfredo, il compagno di Ed a kick boxing?

– Sí, quello. E poi mi piace Mauro.

– Che sarebbe? – ha chiesto Alessandra.

– Uno che frequenta la mia scuola e c'ha diciassette anni.

– Te ne piacciono un tot e una cifra, insomma! – l'ha presa in giro sua cugina. – E com'è che non ce l'hai detto?

– Perché, se me ne piacciono tanti, forse non me ne piace nessuno sul serio, e quindi la cosa non è importante! – ha esclamato Barbara, con la sua solita veemenza, ma a me pareva che avesse detto qualcosa di molto vero e profondo. – E adesso concentriamoci sulla pagina Facebook di mio padre, che è meglio, – ha proposto poi, e si capiva che aveva voglia di cambiare discorso.

Da quasi un mese, da sola, o col nostro aiuto quando riuscivamo a trovarci insieme, Barbara stava intessendo amicizie su Facebook fingendosi Corrado Camellini, ma ancora non riusciva a «quagliare niente», come diceva lei.

Anche quel pomeriggio abbiamo aggiornato la pagina e siamo state interpellate per visionare le nuove amiche, affinché il padre di Barbara trovasse 'sta benedetta anima gemella.

Valentina scorreva le foto delle aspiranti Prescelte bollandole con un «Racchia... super racchia... appetibile... appena decente... quasi bona questa!» e Ale sbuffava: – Se ci atteniamo ai tuoi parametri di bellezza, dobbiamo aspettare che a mio zio chieda l'amicizia Nicole Kidman!

– A Barbara che fa finta di essere tuo zio, – ho puntualizzato io, per ricordare a tutte come stavano le cose, perché temevo stessimo perdendo di vista il fatto che quello era tutto un imbroglio e, lo ripeto, ero certa che la faccenda sarebbe finita male.

11
Una sfida di classe

Intanto, a scuola, è accaduta una cosa incredibile. Una mattina, la Cinieri è arrivata in classe stranamente eccitata.

– Voi non immaginate, ragazzi, cosa sta per succedervi!

– Una verifica? – ha bofonchiato Ferdinando, un truzzo incredibile, la cui principale occupazione a scuola consiste nello scaccolarsi il naso.

– Interroga? – ha chiesto, allarmata, Valentina.

La prof ha fatto una faccia misteriosa e ci ha lasciato per un po' sulle spine, sistemando intanto il contenuto della sua borsa e i cassetti della cattedra, poi sfogliando il registro, in silenzio.

– Insomma, prof, cos'è che ci succede? – ha chiesto Lucio, uno dei ragazzi piú popolari della classe, perché suona la batteria in una band pop rock, e il musicista esercita sempre un certo fascino su noi ragazze.

– Si va in televisione, – ha detto la Cinieri, serafica.

Prima nella classe è calato un silenzio irreale, per lo stupore di questa comunicazione, poi è esplosa una cacofonia di voci, grida, domande accavallate. Tutti volevamo sapere i come, i quando e i perché di quell'evento imprevisto.

La Cinieri ha dovuto alzare la voce e picchiare un pugno sulla cattedra per rimetterci calmi e farci tacere. – Se non la piantate, non vi spiego niente e nemmeno vi ci porto, in tivú! – ha urlato.

Ci siamo immediatamente zittiti.

– Non ve l'ho detto perché non vi faceste illusioni per poi rimanerci male, se non fossimo stati

scelti, ma mi sono permessa di iscrivere la classe a un quiz televisivo di tipo culturale e... ci hanno selezionati! – ha annunciato la prof.

Un boato e uno scroscio di applausi ha accolto questa notizia.

– La trasmissione si chiama *Una sfida di classe*.

– È un gioco di parole, prof! – ha subito notato Valentina, la solita patita di giochi di parole.

– Ma andiamo in Rai? – ha chiesto Enrico Subiaco, il primissimo della classe, che penso si vedesse già in tasca la vittoria.

– No, si tratta di una trasmissione di una tivú regionale lombarda. Dovremo andare a Milano, gli studi televisivi sono lí. Abbiamo due mesi di tempo per prepararci al meglio e poi sfidiamo una classe di Bergamo.

– Figo, si va in trasferta! – ha esclamato Ferdinando, frugandosi la narice destra.

– Non mi esprimerei cosí, – ha detto la prof arricciando il suo, di naso. – Ma in effetti, mi servirà il permesso dei vostri genitori per portarvi a Milano, come per una gita scolastica, e dovremo anche dormire fuori una notte.

– Strafigo! – ha rincarato la dose Ferdinando, indifferente alle rimostranze della prof per il linguaggio che utilizzava.

– Vi ho portato la registrazione di una puntata, dove si sfidano una classe di Piacenza e una di Rieti, perché vi rendiate conto di cosa si tratta. La sfida è solo tra classi dei licei e, naturalmente, affronterete un'altra quarta ginnasio di liceo classico, come la nostra. Venite, si va a vedere il filmato in aula conferenze.

Un altro boato ha accolto questa notiziona: non si faceva neppure lezione, ma si guardava la tivú!

In aula conferenze, che è un bell'anfiteatro dotato di poltroncine comode e schermo, come un piccolo cinema, mi sono seduta tra Alessandra e Valentina, ed eravamo tutte e tre elettrizzate, ma per motivi diversi. Io e Ale, piuttosto brave a scuola, non vedevamo l'ora di prepararci e poi cimentarci in quiz culturali contro una classe avversaria, dando prova del nostro sapere.

Valentina, invece, non faceva che cinguettare: – Santo cielo, apparirò in tivú, vi rendete conto? Tutt'Italia mi vedrà!

– Abbassa il tiro, Vale! Al massimo ti vedrà tutta la Lombardia, ma dubito che una trasmissione culturale per ragazzi abbia tutto questo *share*! – ha ironizzato Alessandra.

– Che roba è, quella?

– Lo *share*?

– Sí.

– Ma diamine, Vale, passi metà della tua vita a incrementarlo, lo *share*, trascorrendo davanti alla televisione l'ottanta per cento del tuo tempo, e non sai cos'è? – si è stupita Alessandra, poi le ha spiegato: – Si chiama cosí l'indice di gradimento di un programma.

Enrico Subiaco, che si stava sedendo in quel momento dietro di noi, si è inserito nella conversazione e ha aggiunto, con la sua solita competenza su ogni argomento e una mostruosa proprietà di linguaggio: – Tecnicamente, per *share* si intende il rapporto percentuale tra gli spettatori di un certo canale televisivo e il totale degli spettatori che hanno la televisione accesa in quel momento. Questo rapporto percentuale viene misurato nell'intervallo di tempo in cui il programma in questione è andato in onda. È una variabile importante, quella che determina se una trasmissione ha avuto o meno successo, ma non è un valore assoluto. Per quanto riguarda le emittenti televisive italiane, infatti, uno share del quindici per cento, per un programma di prima serata, può indicare un ottimo risultato. Temo, Valenti, che potranno ammirare i tuoi tanti talenti solo un quattro o un cinque per cento di abitanti della Lombardia e, ammettendo anche che si tratti solo di ragazzi, e non è cosí, dobbiamo considerare che esistono anche le femmine, che sono sempre un po' piú dei maschi, forse un uno per cento di giovani lombardi potrà ammirare le tue grazie!

– Ma chi ha chiesto il tuo parere, Quattrocchi! – si è inalberata Valentina.

Enrico è l'unico della classe che pare totalmente indifferente alla bellezza della nostra amica, l'unico che si permette di sfotterla, ed è il migliore della quarta C.

Ogni classe che si rispetti ha il suo bravo primo della classe, ma poche hanno il vero genio, e ancora meno hanno un genietto simpatico.

Il genio è di solito un intellettuale saccente e secchione, un tipo introverso e ombroso, o un rompiscatole che se la tira, con la puzza sotto il naso nei confronti dei comuni mortali che considera dei cerebrolesi.

Enrico Subiaco unisce al genio uno straordinario senso dell'umorismo che fa di lui l'intelligente giullare della classe. A dire il vero, spesso anche nella storia, i giullari avevano un pizzico di genialità ed erano piú intelligenti dei cortigiani che prendevano in giro. E per avere senso dell'umorismo, bisogna indubbiamente essere intelligenti e colti, ma insomma, di solito, il primo della classe non è uno come Enrico Subiaco. D'aspetto, però, corrisponde in pieno al cliché del giovane intellettuale: magro, bruttino e un po' brufoloso, porta un paio d'occhiali tondi che gli hanno valso i soprannomi di Harry Potter e Quattrocchi.

– Credo che i telespettatori si ricorderanno piú di lui che di te, Vale, – ha detto Alessandra, riferendosi appunto alla genialità del soggetto, su cui tutti quanti contavamo per vincere. La Cinieri ci aveva già informati che, naturalmente, sarebbe stato lui il capitano della nostra squadra.

Valentina ha sbuffato scocciata e ci ha sussurrato, stando attenta che Subiaco non la sentisse: – Magari mi vede qualcuno dell'ambiente e mi chiama per un provino, o mi fa fare qualcosa in tivú!

– Come disse Elena, seguendo il principe Paride a Troia, – ha commentato invece Enrico che, oltre ad avere quattro occhi, doveva avere anche quattro orecchie.

Valentina si è girata e gli ha dato una botta in testa.

Questa dei «come disse», con paragoni epici e dotti, è una delle manie di Enrico che di solito ci fa morire dal ridere tutti, compresa Valentina.

Un giorno, il prof Corvo di mate aveva interrogato per l'ennesima volta Federico Turri. Corvo, purtroppo, mostra davvero in modo smaccato le sue antipatie e simpatie. E con Turri, bisogna ammetterlo, ce l'ha in modo particolare, tanto che lui si sente un perseguitato.

– Possibile che prenda di mira sempre me? – aveva esclamato Federico, al colmo della disperazione.

– Come disse San Sebastiano, colpito dalla decima freccia! – aveva commentato Enrico, scatenando l'ilarità generale, tranne quella del prof.

Un'altra volta, all'annuncio di «Io faccio sciopero!» da parte di un nostro compagno di classe, la sua battuta era stata: – Come disse Achille ritirandosi dalla battaglia!

A me, lo ripeto, Enrico era il piú simpatico della classe e in quel momento, come tutti, ritenevo che la nostra vittoria dipendesse principalmente da lui.

Come avrebbe detto Barbara, ci siamo divertiti un tot e una cifra a vedere una puntata di *Una sfida di classe*, ma anche preoccupati, perché era un gioco a quiz davvero difficile. Alla fine dell'ora, la Cinieri ci ha dettato l'avviso da far firmare ai genitori.

12
Una battaglia in famiglia

Lo so che mia madre è apprensiva e poco permissiva, ma questa era comunque una faccenda scolastica e non mi sarei mai aspettata la sua reazione negativa.

Forse la colpa è anche del fatto che ho scelto, per parlarle, un momento decisamente sbagliato. Quando sono arrivata a casa, per ora di pranzo, la mamma, piú che mettere i piatti in tavola, ce li stava sbattendo sopra con un fracasso che faceva temere per la loro integrità. – No, no e poi no! Ma come devo dirtelo, in turco, perché tu lo capisca? – stava urlando.

L'interlocutore, se cosí si può dire, era mio fratello. E i due, come capita spesso, stavano litigando.

– In turco? Il tuo divieto è totalmente incomprensibile anche in italiano! – l'ha presa in giro Edoardo.

– Fai pure lo spiritoso, tanto il mio NO non è da capire, è da accettare e punto! I motivi non te li ripeto neanche piú. Io e papà abbiamo deciso cosí e basta.

– Tu hai deciso cosí! Papà non è libero di esprimersi, come tutti i maschi in questa casa, d'altra parte. Siamo degli oppressi, ecco!

Edoardo mi stupiva, stava avanzando delle rivendicazioni di genere, e un briciolo di ragione ce l'aveva pure, perché ho sempre avuto il dubbio che sia proprio nostra madre, in famiglia, a portare i pantaloni, come si suol dire.

Lei decide e papà l'appoggia, e non si è mai capito del tutto se per adesione convinta o per amore di *Tranquillità*, quella con la T maiuscola.

– Tutti i miei amici ce l'hanno, il motorino, e molti da quando avevano quattordici anni! Vado a lavorare e me lo compro con i miei soldi, allora!

Ancora il motorino? Non potevo crederci, mio fratello stava insistendo ancora una volta per una cosa che non avrebbe mai ottenuto: la sua era una battaglia persa e gliel'ho detto, anzi sussurrato.

– Io non deporrò mai le armi! – ha esclamato in risposta mio fratello, col tono del martire e dell'eroe.

– Non sei un po' basso per appartenere alle truppe d'assalto? – mi è scappato di dirgli, citando *Guerre Stellari*.

– Un'altra parola e ti prendi quattro sberle: due sono per te e due sono quelle che non posso dare a lei, – ha urlato Edoardo, rivolgendo uno sguardo truce a nostra madre.

– Ah, oseresti anche alzare le mani su tua madre? Adesso quando arriva tuo padre glielo dico, e poi lo senti! Se prima avevi zero speranze di ottenere il motorino, adesso sono calate sotto zero. Soddisfatto? – ha chiesto, acida, nostra madre.

Allora Ed si è girato verso di me, come una furia, urlando: – Se mi dici un'altra volta che sono basso... – E ha alzato le mani, strette a pugno.

Mentre mia madre gli intimava: – Guai a te, se tocchi tua sorella! –, io mi riparavo dicendo: – Scusa, Ed, era solo un omaggio a una delle tue serie cinematografiche preferite: *Guerre Stellari*. Ho solo ripetuto una famosa frase della principessa Leila Organa che...

– Tienili per te i tuoi omaggi e le tue maledette citazioni, – mi ha sibilato il fratello ed è uscito dalla sala da pranzo per raggiungere la sua camera, dove si è chiuso sbattendo la porta.

Lí deve averlo comunque raggiunto un urlo belluino materno: – Guarda che tra pochi minuti rientra papà ed è pronto in tavola. Se non vai a lavarti le mani, e non ti presenti entro cinque minuti, resti anche a casa in punizione per un bel po'!

Papà è rientrato proprio in quel momento, senza che lo sentissimo arrivare, per colpa di tutte quelle grida. – Oh, ma che bel benvenuto! Uno lavora tutta la mattina, arriva a casa per mangiare tranquillo e starsene in santa pace, e invece...

– E invece tuo figlio ha riattaccato con la solita solfa del motorino! – ha concluso mia madre, durissima.

– Ancora? – ha sospirato papà. – Ma possibile che non mi accogliate mai con un sorriso e qualche bella notizia?

– Io ho una bellissima notizia, papi! – gli ho detto allora, in pieno stile Valentina, buttandogli le braccia al collo. – Pensa un po' che la mia classe è stata selezionata per un quiz televisivo, da una tivú regionale lombarda! E tra due mesi andiamo a Milano a sfidare in trasmissione un'altra classe!

– Ma che be... – ha iniziato a dire papà.

Ma la parola *bello* non l'ha neppure potuta terminare, perché la mamma si è inserita protestando: – Adesso poi lo vediamo, se ci vai o no! Chi ti ha detto che ti mandiamo fino a Milano per una cretinata televisiva?

– Oh, ben ti sta! – ha esclamato mio fratello, che si presentava a tavola in quel momento, rispettando ordini e tempi materni.

– Ma sei matta! – mi è scappato. – È una cosa di scuola, ho anche un avviso della professoressa Cinieri da firmare. È lei che ci ha iscritti. Non ce l'aveva neppure detto, e oggi ci ha fatto la sorpresa di informarci che siamo stati scelti, o tirati a sorte, non so.

– Ah, di bene in meglio! – si è inalberata la mamma. – Mario, intervieni tu, perché tuo figlio minaccia di picchiarmi e tua figlia mi dà della matta!

– Veramente sono anche i tuoi figli, – ha osato sussurrare il papà, ma la voce della mamma era incrinata, segno che era sull'orlo di una crisi di nervi.

Che furba ero stata! Avevo considerato avventata l'insistenza di mio fratello e non ero stata da meno, lanciando la mia notizia nel momento peggiore che potessi scegliere.

– Su Carla, calmati! – ha detto papà. – Sediamoci a tavola e ragioniamo con serenità.

– A me è passato l'appetito, – ha sospirato la mamma, in pieno ruolo di vittima.

Allora papà si è rivolto a mio fratello: – Edoardo, chiedi scusa a tua madre, se davvero ti sei permesso di minacciarla.

– Perché, lo metti forse in dubbio? – si è inalberata la mamma.

Allora Ed ha alzato gli occhi al cielo, borbottando: – Scusa, scusa... purché non vi mettiate a litigare voi due!

Devo dire che ho apprezzato mio fratello e i suoi improvvisi buoni sentimenti. I nostri genitori non litigano quasi mai e a noi figli dispiace molto, le rare volte che lo fanno.

– E adesso passiamo al problema di Caterina, perché la questione motorino, Edoardo, è stata chiusa da un pezzo. Avrai la macchina a diciotto anni, te lo prometto, ma smetti di torturare tua madre con questa richiesta del motorino: non lo avrai, perché cosí abbiamo deciso, e sai benissimo il perché.

Su questo velato accenno, Ed non ha osato dire piú niente, perché l'episodio a cui papà si riferiva era tragico: un nostro cugino era morto a quindici anni in un incidente con il motorino. Questa terribile disgrazia aveva segnato la mamma in modo indelebile, anche se Edoardo lo considerava illogico perché, se uno dovesse pensare a tutti i possibili disastri che possono capitare, e alle diverse circostanze e occasioni di farsi del male, allora non si vivrebbe piú e non si uscirebbe di casa neanche a piedi, con indosso un'armatura o uno scafandro e le bombole a ossigeno. Questo sosteneva mio fratello, e non aveva torto, ma era molto meglio non indirizzare la mamma su questa strada di ragionamento, se no ci saremmo ritrovati davvero blindati in casa in una culla di bambagia. Metterle nuove ansie e paure non mi pareva il sistema giusto per sconfiggere un dolorosissimo ricordo.

Anche io ormai avevo quattordici anni e avrei potuto guidare un cinquantino, ma non ci pensavo neanche a chiederlo, e mi ero rassegnata subito. Ma per andare a Milano, in quella che consideravo una gita d'istruzione, avrei lottato con le unghie e coi denti, perché lo consideravo un mio sacrosanto diritto.

Ho quindi spiegato tutta la faccenda al papà, cercando di mantenermi calma e molto educata, e di usare tutti i toni e gli argomenti giusti.

Mia madre ha avuto il coraggio di definire la Cinieri una prof probabilmente giovane, inesperta e troppo moderna.

– Mi dispiace, Carla, doverti contraddire, – ha detto, per fortuna, papà, che l'aveva già incontrata ai colloqui scolastici con i genitori, mentre la mamma, per problemi di orari di lavoro incompatibili, non l'aveva ancora mai vista. – La professoressa d'italiano di Caterina avrà piú di una cinquantina d'anni e mi è parsa una persona serissima e preparata, anche se vicina ai ragazzi e comprensiva nei loro confronti, – ha continuato mio padre.

Gli avrei battuto le mani.

– Se non sei convinta, vai a parlarle tu, ma se ritiene che questo quiz sia stimolante per i ragazzi, senz'altro lo sarà, e lei saprà che si tratta di una trasmissione intelligente e formativa.

– Lo è, infatti, – sono intervenuta io. – Ce ne ha fatto vedere una puntata stamattina a scuola ed è anche una gara piuttosto impegnativa. Avremo da studiare il doppio, ci ha detto.

Questo argomento dell'impegno nello studio ha aperto una breccia nella muraglia materna, ma la mamma deve aver ritenuto che non fosse il caso di cedere subito: un comportamento che le avrebbe tolto credibilità.

Cosí, servendoci nei piatti del purè fumante, con gesti bruschi, ha borbottato: – Se poi mi dai il diario, risponderò che chiedo un colloquio con lei. Andrò a parlare con questa professoressa.

E mentre si allontanava, per portare in cucina i piatti sporchi dove prima avevamo mangiato un risotto, mio padre ha fatto un gesto inusuale: mi ha strizzato un occhio, sorridendo.

Allora ho capito che la mia battaglia era vinta, dovevo solo tacere, non provocare in alcun modo la mamma e aspettare.

Ho deciso che mi sarei messa sotto con la preparazione, dando per scontata la mia partecipazione al quiz televisivo.

13
Le prove

I giochi o prove che ci aspettavano erano diversi, alcuni ispirati alla piú famosa trasmissione televisiva *Per un pugno di libri*, altri piú di cultura generale, uno addirittura sulla musica di un certo periodo e un altro, con mia grande gioia, verteva sul cinema.

Avremmo avuto comunque il nostro bel da fare e la Cinieri ci aveva anche avvertito: – Non crediate che questo possa incidere negativamente sul vostro impegno nelle altre materie, i colleghi non me lo perdonerebbero mai! E neanche potrà rallentare lo svolgimento del mio stesso programma. Dovrete studiare il doppio, insomma, per la scuola e per la nostra sfida.

Ci erano stati assegnati un autore da approfondire, un libro da leggere e un film da vedere, perché su quelli vertevano principalmente le domande che ci avrebbero fatto.

L'autore era Calvino, il libro da leggere *Lessico famigliare* di Natalia Ginzburg, e il film, con nostro grande stupore, *La storia fantastica*, una fiabona cinematografica che io adoravo e avevo visto piú volte, essendo uno di quei film per famiglie sui quali neppure mia madre aveva niente da eccepire.

La Cinieri ci ha raccomandato di leggere e rileggere il libro assegnato e di vedere e rivedere diverse volte *La storia fantastica*, ma per quanto riguardava Calvino, ha distribuito i compiti: c'era chi doveva concentrarsi sul solo *Marcovaldo* e chi sulle *Cosmicomiche*, chi doveva approfondire soltanto la sua biografia e studiarsi a memoria date, titoli, ecc.

E anche per quel che riguardava il film, molto furbescamente, la prof ha suggerito a qualcuno di cacciarsi in testa di piú le scene da un punto di vista visivo, a un altro di concentrarsi sulle battute. Altri ancora dovevano sapere a memoria il nome di attori, regista, costumisti e cosí via.

Insomma, come l'equipaggio ben affiatato di una nave, ci eravamo suddivisi i compiti.

– Mi aspetto il piú grande impegno da tutti, – ha detto la Cinieri. – Ma specialmente conto sul capitano, Enrico Subiaco, e sulle sue assistenti, che ora nomino nelle persone di Alessandra Barbieri e Caterina Marra!

Io e Ale ci siamo guardate sgomente e orgogliose nello stesso tempo. Un po' avremmo dovuto aspettarcelo, perché eravamo indubbiamente e rispettivamente lei la piú intelligente e io la piú studiosa. Questo lo dico io e, anzi, ogni volta che lo ripeto

Ale si arrabbia: – Ma sei scema, Katy, a pensare di non essere intelligente, ma solo studiosa?

Io so solo che a me, per ottenere i suoi stessi risultati, tocca studiare il doppio. – È solo che tu sei un'insicura, e io un'incosciente e una sfrontata! – mi dice sempre Alessandra. Fatto sta che lei, con la sua bella sicurezza, rende sempre molto meglio degli altri, escluso Enrico, ovviamente, che è sopra la norma.

Cosí noi due ci siamo un po' isolate, per un periodo, e allontanate dall'altra metà delle Quattro Mosche: Vale e Barbara. E questo perché ci trovavamo spesso a interrogarci l'un l'altra e a simulare il quiz, per arrivare pronte alla grande prova. Talvolta poi, si univa a noi Enrico Subiaco e allora diventavamo un terzetto d'insopportabili saccenti e secchioni, ma ci facevamo anche un sacco di risate, perché Enrico

e Ale hanno esattamente lo stesso spirito ironico e gli stessi modi clowneschi.

Valentina, d'altra parte, si doveva invece trovare con Lucio, perché a loro era stato dato il compito musicale. Non ho ancora detto, infatti, che due delle prove piú divertenti e leggere di *Una sfida di classe*, erano intitolate «Canta che ti passa!» e «Ascolta e indovina».

Per la prima, uno della nostra squadra doveva cantare dei pezzetti di famose canzoni italiane, di una lunghezza prestabilita, e l'altra squadra doveva indovinarne titolo ed esecutore... quello vero, ovviamente, non l'improvvisato cantante della nostra squadra.

Nella seconda prova, invece, ci avrebbero fatto ascoltare dei brani stranieri. La prima squadra che premeva il pulsante, e individuava titolo e nome del gruppo o del cantante, faceva punto.

Il ruolo d'improvvisato cantante della nostra classe, non ci crederete, ma dopo diversi provini era toccato a Valentina, che in effetti ha una bella voce intonata, oltre che una presenza di scena che non si discute.

Lucio, come musicista della classe, era stato naturalmente coinvolto. Era il piú esperto in fatto di musica in generale, e di rock e pop in particolare, e contavamo su di lui per indovinare i brani musicali eseguiti dall'altra squadra e quelli stranieri che ci avrebbero fatto ascoltare.

I pezzi sarebbero stati dieci: cinque italiani da cantare e cinque stranieri da ascoltare. Il periodo, per fortuna, era stato limitato ai dieci anni tra il 1970 e il 1980 e a una rosa di cantanti e gruppi che ci erano stati comunicati, fra cui ogni classe in gara era libera di scegliere.

Per tempo, avremmo dovuto comunicare alla conduttrice la nostra scelta, per verificare che non capitasse l'evento improbabile, ma possibile, che le due squadre avessero incluso uno stesso brano tra le loro selezioni.

Valentina, per colpa di questo incarico, si dava arie da vamp piú del solito e si lamentava pure, atteggiandosi a diva troppo assediata dai fan.

– Voi non potete credere quanto mi stressa Lucio! – ci ha confidato in un pomeriggio che abbiamo strappato allo studio per ritrovarci in un «pissi pissi» tra noi Quattro Mosche, come ai vecchi tempi, perché Barbara protestava che ci eravamo dimenticate di lei.

– Lucio, il batterista dei Green Toads? – ha chiesto Barbara.

Il gruppo di Lucio si era, in effetti, battezzato cosí: «Rospi verdi» in inglese, e si esibivano sempre con la faccia e i capelli interamente pitturati di verde.

– Sí, lui.

– Figo! Non mi dire che c'hai il gran culo che ti sta dietro quello! – ha esclamato Barbara, gonfiando una bolla di chewing gum verde, che pareva uno di quei rospi dell'omonimo gruppo.

– La gran rottura, vorrai dire! Non fa che provarci. E io prima gliel'ho fatto capire, poi gliel'ho detto, e alla fine gliel'ho proprio cantato chiaro chiaro che non ne voglio sapere mezza di lui! Ma quello insiste! Tra una prova e l'altra, un ascolto e l'altro, e un quiz che ci facciamo a vicenda... ecco che riparte alla carica.

– C'è chi c'ha tutte le fortune e non sa neanche vederle, – ha sospirato Barbara.

– Dobbiamo aggiungerlo alla lista? – ha chiesto Ale a sua cugina. – In che posizione lo mettiamo, rispetto a Fredo, Edoardo, Mauro e Alberto?

– Sfotti pure, mica tutti c'hanno la monomania come la Lotti, una mia compagna che ha in mente sempre lo stesso tizio da quando andava all'asilo! Io mi lascio aperte piú strade, ecco...

– Diciamo pure un'autostrada di quelle americane a sei corsie! – l'ha presa in giro Ale.

– *Break!* – sono intervenuta io, come sempre nella parte di arbitro di un incontro di pugilato. Quando il gioco si faceva troppo duro, intervenivo. – Lucio è abbastanza carino e simpatico, ma se a Vale non piace... Sapete, non è bello quel che è bello, ma è bello quel che piace, come dice sempre mia nonna, – ho detto.

– Saggia donna! – ha sospirato Valentina. – Appunto, non mi pia-ce af-fat-to! – ha sillabato poi, decisa. – E poi, vi rendete conto? Ha solo quattordici anni!

– Lo dici come se c'avesse la peste, l'alito che puzza o quattro nasi al posto di uno! – si è inalberata Alessandra. – Ti faccio notare che è la stessa età che hai pure tu.

– Ma io non li considero neanche, quelli della mia età! Questo dovreste saperlo.

– Lo sappiamo, lo sappiamo... D'altra parte non consideri quasi nessuno che non stia su una rivista, su un manifesto o su uno schermo! – ha insistito Alessandra.

– Non è colpa mia se quelli giusti stanno lí e non frequentano la nostra scuola, né se ne vanno a spasso per le strade della nostra città, – ha brontolato Valentina, con l'aria della bambina piccola, delusa e capricciosa, sbattendo i suoi occhioni verdazzurro.

– Cambiamo argomento, – ho proposto. – Raccontaci che brani canterai in trasmissione. Anzi, facceli sentire!

– Idea spaziale, Katy! – ha approvato Barbara, battendomi le mani.

– Ci vogliono le basi... – si è schermita Valentina.

Proprio per i quiz musicali, avremmo dovuto andare a Milano il giorno prima, perché ogni cantante della squadra doveva sottoporre i suoi brani ai tre o quattro musicisti dell'emittente regionale che, nella trasmissione *Una sfida di classe*, li avrebbero poi accompagnati dal vivo, e insieme dovevano fare le prove prima di andare in onda.

– E non le hai? – le ho chiesto.

– Be', veramente sí, Lucio e quelli del suo gruppo me le hanno registrate, ma mi vergogno, non mi va... – ha borbottato Valentina, sicuramente di malumore per colpa di Alessandra. Oppure, proprio come una bambina capricciosa, amava farsi pregare.

Noi l'abbiamo pregata.

E quando l'ha incitata anche Alessandra, dicendo: – Se hai paura ad affrontare le tue amiche, come farai davanti alle telecamere e a migliaia di telespettatori? –, lei ha gridato: – Oddio, non mi ci far pensare! – accompagnando queste parole con gesti molto melodrammatici e teatrali. – Ma non mi avevi detto quella roba dello *share* basso? Perché dici «migliaia»? – ha chiesto ancora, visibilmente presa dal panico.

– Fra tutt'Italia, come pensavi tu, e qualche migliaio c'è una bella differenza! Ma qualche migliaio di persone, davanti allo schermo a vederci, ci sarà di sicuro. Metti insieme anche solo tutti i parenti di una cinquantina di ragazzi, tra noi e quelli di Bergamo... – ha concluso Alessandra.

– Ho i sudori freddi! – ha esagerato come sempre Valentina, ma poi si è alzata in piedi e, trascinandosi come una diva sfinita, si è decisa finalmente ad andare a prendere il cd dove Lucio le aveva registrato le basi.

Lo ha messo nel lettore dell'impianto super sofisticato e avveniristico del suo salotto, perché eravamo a casa sua, e ha chiesto ancora una volta, sospirando: – Devo proprio farlo?

Si è levato un coro a tre voci: – Devi!

– Be', allora voi fate finta di essere la squadra avversaria e provate a indovinare, – ha proposto Valentina.

– D'accordo! – abbiamo accettato. Io e Ale cosí ci saremmo anche allenate, perché poi avremmo dovuto indovinare davvero i brani proposti dall'altra classe.

La musica è partita e Vale anche, cantando con voce sicura, dopo tutte le scene che aveva fatto: – ... E neanche tuo fratello che tu ami tanto, neanche quello... Tu sei come sei e non cambierai, sei una tenera bambina che sa che prima o poi arriverà il finale travolgente, l'attimo fuggente.

Mi stavo scervellando, perché proprio non riconoscevo quel pezzo, quando una voce ha esclamato: – Ah, sí? Neanche io riuscirò a cambiarti, mia dolce Vale? Ma perché poi dovrei? Sei perfetta cosí.

Ci siamo girate e alle nostre spalle c'era lui, il ragazzo piú bello che avessi mai visto dal vivo, e non su uno schermo o nelle pagine di una rivista scandalistica che si occupa di attori, calciatori, ecc.

Ho capito subito che non poteva trattarsi che del fratello di Valentina e lei, d'altra parte, è corsa a buttargli le braccia al collo, cinguettando: – Il mio

Al! Ciao, Al! Oh, che vergogna, mi hai sentita cantare!

Alberto, alto almeno un metro e ottanta, era un incrocio meravigliosamente riuscito tra sua madre e suo padre, una Valentina o una Lidia in versione maschile e con i colori scuri invece che chiari: capelli mori, anziché color dell'oro, carnagione olivastra, ma lo stesso sorriso dai denti perfetti di Valentina e gli stessi occhi verdi, dal taglio orientale, della sorella Lidia.

– Sí, cara, ho colto appunto l'attimo fuggente e ti ho sentita cantare. Ivan Graziani se non sbaglio, e non è affatto male!

– Ecco chi era! – ho esclamato io.

– Ottima scelta, perché è un pezzo meno conosciuto. Non *Lugano addio* o altri che avrebbero indovinato subito! Ma qual è il titolo? – ha chiesto Alessandra.

– *Avrò bisogno ancora di te*, mi pare – ho azzardato.

– Brava... – si è complimentato Alberto, guardandomi. – Me la presenti, Vale? – ha poi chiesto, perché ero l'unica che ancora non conosceva.

Ho sentito che il sangue mi saliva al viso, tanto

per cambiare, mentre Valentina diceva: – Caterina, detta Katy, la nostra super esperta di cinema, musica, libri... Insomma, una che di roba ne sa a pacchi e che sarà, insieme ad Ale, l'assistente del capitano della nostra classe.

– Piacere, Katy! – ha detto quella specie di dio dell'Olimpo, tendendomi una mano, mentre io avrei voluto sprofondare per il mio inguaribile rossore e Barbara, gonfiando imperterrita bolle di chewing gum, mi dava gomitate nelle costole come a dire: «Te l'avevo detto io, che era figo!»

Ecco. Avevo visto anche l'ultimo membro della famiglia Mulino Bianco e ora capivo perfettamente perché Valentina avesse dei gusti cosí difficili in fatto di ragazzi.

14
Il lessico scolastico

Nelle settimane seguenti, abbiamo assistito a una metamorfosi del linguaggio nella nostra classe. Tutti presi dalla lettura di *Lessico famigliare*, che ci piacesse o no, abbiamo cominciato a usare anche noi il pittoresco e tipico lessico della famiglia natale della Ginzburg.

Quando Ferdinando Forlani addentava il suo panino al salame e cominciava a sbriciolarlo sul piano del banco, o aspirava con la cannuccia un succo di frutta, producendo orridi e rumorosissimi risucchi, non solo Enrico, che era il suo canonico sfottitore, ma anche molti altri compagni gli dicevano: – Ehi Forlani, non fare *sbrodeghezzi*! Non fare *potacci*!

E ancora: – Tu non sei tipo da portare nei *loghi*! – Oppure: – Sei un *tanghero*.

Ma anche Ferdinando non era da meno, e talvolta rispondeva: – Taci tu, *sempio*! – Molto piú spesso, però, diceva: – Ma andate tutti a... – E non c'è bisogno che vi dica dove ci mandava, o a fare cosa, perché il lessico volgare del mio compagno di classe vi è senz'altro piú familiare di quello di Natalia Ginzburg.

Neanche i professori erano esenti dalle nostre battutine a base di «lessico famigliare» e, quando il prof di greco ci affibbiava una versione, o dieci pagine di grammatica da studiare, c'era sempre chi sbuffava la frase tipica della nonna Pina del romanzo: – *Tuti i dí ghe ghe n'è una!*

L'unica soddisfatta di questa nuova moda che imperversava in classe era, naturalmente, la Cinieri. – Bravi, bravi! – ci incoraggiava. – Imparatevelo a memoria, passo per passo, e ci rifacciamo la biblioteca scolastica!

Ah, mi sono dimenticata di dirlo, ma il premio per la classe vincitrice del quiz televisivo consisteva in cento libri.

Valentina poi, durante la ricreazione, aveva cominciato a esibirsi in esecuzioni canore, accompagnata da Lucio alla chitarra. Lui, benché fosse il batterista del suo gruppo, sapeva anche strimpellare la chitarra e quei due ci propinavano diversi pezzi. Se nessuno indovinava titolo e autore, lo promuovevano come uno dei brani da sottoporre alla classe avversaria. Se invece qualcuno di noi indovinava, Lucio scuoteva la sua testa di riccioli scuri, crespi e disordinati, dicendo: – *Change!* Vale, dobbiamo cambiare autore, o trovare un pezzo piú sconosciuto dello stesso.

– Ancora? Devo impararne un altro? – si lamen-

tava Valentina, sempre piú nella parte della diva capricciosa. – Ma mica è detto che perché Mara Bertoni c'ha imbroccato debbano conoscere 'sto pezzo anche gli alunni di Bergamo. È Mara che ha i gusti di sua nonna e ascolta dischi preistorici! – brontolava Valentina, ma cosí avrebbe avuto l'occasione di esibirsi ancora una volta, con un nuovo pezzo dopo qualche giorno, e si capiva che la cosa non le sarebbe affatto dispiaciuta. A quanto pare, aveva superato qualunque inibizione perché dava spettacolo a ogni ricreazione. E il pubblico non era costituito solo da alunni della nostra classe ma, dopo che si era sparsa a scuola la notizia della nostra partecipazione a *Una sfida di classe*, arrivavano da altre sezioni e anche da classi del liceo, non solo del ginnasio, tutti in processione come i pastori del presepe per vedere Gesú Bambino.

Qui, il fulcro dell'adorazione, tra bue e asinello, era la nostra amica Valentina. Dico tra bue e asinello perché anche a lei, come al bimbetto divino, alitavano addosso il loro fiato caldo due veri animali, del tutto simili a quelli famosi del presepe: Bobo, detto Bobone, il piú grosso della classe, un vero bue, che a soli quattordici anni avrebbe potuto iscriversi a buon diritto a un torneo di sumo, e il ragliante Diego, un tipo invece alto e allampanato, butterato per gli esiti di un'acne perniciosa come il vaiolo. Uno che, anziché ridere, per l'appunto ragliava. E tra l'altro rideva, anzi ragliava, in continuazione, perché tutto sembrava sempre divertirlo enormemente.

Non c'è neanche bisogno di dire che, sia Bobone che Diego, erano innamorati persi di Valentina. Lei non li considerava, ma neppure li maltrattava, perché quei due erano i suoi cavalieri serventi e si facevano in quattro per lei. Erano diventati la sua ombra e le portavano lo zaino, le davano uno strappo in motorino, le andavano a prendere gli snack ai distributori automatici e le passavano informazioni durante i compiti in classe, a rischio e pericolo di venir beccati e puniti dai prof, mentre sparavano foglietti con un'improvvisata cerbottana, o passavano furtivamente una pallottolina di carta con la soluzione di un teorema, oppure facevano segnali da sordomuti con le mani in direzione di Vale.

Tutto questo era molto utile a Valentina, poco studiosa e spesso mal preparata, o davvero in difficoltà a capire certe materie, perché Diego, nonostante la risata da asino, era un vero mago in matematica. E Bobone, per come traduceva le versioni dal latino, avrebbe potuto essere benissimo la reincarnazione di Cicerone.

Certo la cultura non ripaga. Io, Ale ed Enrico, che avremmo dovuto essere i pilastri portanti della classe e che ci sobbarcavamo il lavoro maggiore, tutti e tre messi insieme non totalizzavamo neanche un terzo della popolarità di Valentina e Lucio, che si occupavano di musica leggera.

– Visto, ragazze, cosa ci guadagnate ad acculturarvi, anziché intraprendere la sofferta e dura carriera dell'aspirante partecipante a *X Factor*? – non faceva che ripeterci Enrico, osservando ironico l'assembramento attorno a Valentina.

– Be', tra una settimana devono comunicare alla conduttrice televisiva i cinque brani scelti, cosí finalmente la pianta, – ha brontolato Alessandra. – Io, quando Vale fa la diva, proprio non la sopporto! E tu? – mi ha chiesto.

Ma io non potevo darle soddisfazione, perché ero in una fase di *peace and love* e mi andavano bene tutto e tutti: Ale che s'irritava, Valentina che si esibiva, e persino Ferdinando che aggrediva la sua merenda come un troglodita e si scaccolava il naso. E questo perché la mamma, finalmente, aveva capitolato.

Era poi venuta a parlare con la Cinieri e, subito dopo il colloquio, la prof si era preoccupata di informarmi personalmente sull'esito dell'incontro: – Tutto risolto, Marra. Sarai dei nostri. E ci sarebbe mancato altro!

– Davvero, prof? Grazie, grazie, grazie! – L'avrei abbracciata dalla contentezza e dalla riconoscenza. – Ma cosa le ha detto?

– Be', che non ho mai avuto un'alunna brillante come te e che né io né la classe avremmo mai potuto fare a meno della tua presenza!

Ero rimasta allibita: – Ma prof, non è vero! Subiaco mi batte dieci a zero!

– Ma io ho detto «alunna» e Subiaco è un alunno, un maschio, – mi aveva sussurrato la prof ridacchiando.

Non l'avevo mai vista cosí: sembrava una ragazzina che ne aveva appena combinata una.

– Ma prof, è senz'altro una bugia lo stesso. Chissà negli anni della sua carriera, quante alunne piú brillanti ha avuto!

– Primo, non ti sottovalutare, Marra. Secondo, tua madre è una donna molto risoluta e ci volevano argomenti decisamente convincenti. Non sei contenta?

Io avevo fatto sí con la testa, con un sorriso che

mi arrivava da un orecchio all'altro. E lei aveva aggiunto: – Ah, dimenticavo, vorrebbe venire a Milano anche lei, con tuo padre, per accompagnarti.

Il sorriso mi si era spento in un nanosecondo e la Cinieri era scoppiata invece a ridere: – Paura, eh? Non preoccuparti. Gliel'ho assolutamente proibito. I genitori non sono ammessi in trasmissione e non c'è pubblico in sala, perché si è constatato che i ragazzi si emozionano e s'innervosiscono troppo con i parenti presenti. Sei salva, Marra! Idonea e arruolata! – aveva concluso la Cinieri con aria soddisfatta.

Io avevo provato per lei un moto di genuino affetto, ammirazione e riconoscenza. Da quel momento in poi, avrei fatto di tutto per meritarmi l'alta considerazione nella quale mi teneva.

15
L'appuntamento

Per un certo periodo, tra le verifiche scolastiche e la preparazione al quiz televisivo, che ci hanno richiesto ore di studio supplementari, Le Quattro Mosche non sono piú riuscite a trovarsi per occuparsi della missione segreta UFPP di Barbara. Ma lei continuava a seguire da sola la pagina Facebook di suo padre e ci aggiornava per sms sui progressi che stava facendo.

Diceva di aver intessuto un'amicizia interessante e un giorno ci ha convocate con urgenza con questo sms, arrivato contemporaneamente a tutte e tre una mattina all'uscita da scuola: *Individuata possibile Prescelta. Vi aspetto oggi pomeriggio, fate il possibile. Okay? Mi state trascurando una cifra e mi mancate un tot!*

Era vero e non potevamo sottrarci oltre all'impegno assunto col nostro motto: «UNA MOSCA PER QUATTRO MOSCHE, QUATTRO MOSCHE PER UNA!»

Ale e Vale non avevano problemi. Io invece, come al solito, ho dovuto lottare per ottenere da mia madre il permesso di uscire quel pomeriggio, ma l'ho spuntata.

Finalmente da Barbara, davanti al computer, abbiamo potuto notare che la pagina Facebook di Corrado Camellini si era arricchita di informazioni e foto, anche se il nome era Camillo Corradini. Questa, di giocare col nome del padre, quasi invertendo nome e cognome, era stata un'idea di Valentina.

La lista di amici, e specialmente amiche, perché è questo che ci interessava, aveva cominciato a ingrossarsi. Barbara aveva stilato con cura la lista dei «mi piace», inserendo i programmi televisivi preferiti di suo padre, gli atleti e le squadre sportive, i dischi, le attività. E per un po' era stata fedele alla realtà per attirare, come diceva lei, «anime compatibili». Ma quel giorno, ci siamo accorte che, nella mappa dei luoghi frequentati, c'era qualcosa di strano.

– E questo cos'è? – ha chiesto Ale, leggendo che Camillo Corradini, alias suo zio Corrado, si sarebbe trovato a un raduno del «Club amatori pastori belgi» a Monza. – È impossibile, zio Corrado detesta i cani. E dei cani lupo, per giunta, ha paura!

– Sí, ma Alessia Giovine adora i cani, – ha risposto serafica Barbara, ruminando chewing gum.

– E chi sarebbe questa cinefila? – ha chiesto Valentina, sicura di aver imparato una parola.

Ma ho dovuto deluderla: – Cinofila, Vale. La cinefila sono io!

– Be’, è quella con cui si è instaurato il maggior feeling. A me piace una cifra, come futura madre. Eccola qua! – E Barbara ha aperto la pagina Facebook di Alessia Giovine, la Prescelta da lei individuata. Era una donna graziosa, con un bel sorriso, che dimostrava sui trentacinque anni ed era diventata un’amica del fantomatico Camillo Corradini.

– Chattiamo moltissimo, ci scambiamo messaggi e sta nascendo qualcosa, lo sento! – ci ha comunicato Barbara esaltata.

– Specialmente in tuo padre, vero? – ha detto Alessandra, sempre molto critica verso questa nuova missione segreta UFPP.

– Be’, a lei piace mio padre, si capisce che ormai ha voglia di incontrarlo per davvero e non solo in modo virtuoso!

– Virtuale, Barbara!

– Sí, certo, e io che ho detto? Hanno mille punti in comune. Entrambi amano gli U2 e Zucchero, per esempio. Alessia adora il bricolage, pensate! E mio padre vende attrezzi per il bricolage! Tengono per la stessa squadra di calcio, amano la natura... Certo, mio padre ama la pesca piú che altro, e a lei invece piace fare jogging. Ma cosa importa? Sono tutte e due cose che si fanno all’aperto, no? L’unico problema è che lei adora letterariamente i cani e allora...

– Letteralmente, – l’ho corretta in automatico, e poi le ho chiesto sbigottita: – Ti sei inventata che ama i cani anche tuo padre? Tanto da frequentare mostre canine e raduni?

– Be', se si fanno le cose, tanto vale farle bene! – E Barbara ci ha mostrato, tutta orgogliosa, una foto di suo padre con accanto un pastore tedesco. Naturalmente si trattava di un fotomontaggio. Lui, anziché avere tra le mani una lenza da pesca, come nella foto originale, teneva un cane al guinzaglio e aveva i capelli folti e neri, tra l'altro. Corrado, ovviamente, non il cane!

– Gli ho anche dato un nome: Lampo, – ha detto Barbara, tutta orgogliosa. E in effetti, sotto la foto, c'era la didascalia che recitava: *Camillo con Lampo*.

– Tu sei pazza! – ha esclamato Alessandra.

– Ma guarda, – ha notato Vale, osservando una foto di Alessia Giovine, circondata da cuccioli. – Lei quanti cani ha?

– Be', tre, ma minuscoli... Sono della rara razza papillon. Guardate qua, hanno le orecchie che sembrano farfalle e non sono alti piú di ventotto centimetri. Papà magari non si accorgerà neanche che sono cani!

– Ah, certo, li scambierà per trote, li pescherà e se li cucinerà alla griglia! – ha urlato Alessandra, esasperata.

– Prevedo guai! – ho detto io.

– Ecco, non ve l'ho detto... – ha borbottato Barbara, imbarazzata. – Insomma, non vi ho aspettato e sono passata alla fase A del piano.

– Veramente la fase A del piano era creare il profilo Facebook e l'abbiamo fatto, – ha detto Valentina.

– La fase B era individuare la Prescelta, – ho aggiunto io. – E oggi tu pensi di averla trovata.

– E la fase C, fissare un appuntamento, – ha concluso Alessandra.

Barbara ha sputato il chewing gum, poi ha cominciato a mordicchiarsi le unghie, infine ha confessato: – Be', io quella fase lí, la C, come dici tu, la chiamo fase A perché... insomma, perché è l'Appuntamento, ecco!

– Hai già fissato un appuntamento? – abbiamo gridato tutte e tre in coro.

Barbara non ci ha risposto, ma ha aperto sullo schermo del suo computer uno scambio in chat molto eloquente, con tanto di *smile* che Alessia usava a tutto spiano come una ragazzina.

Camillo: Io credo che sarebbe davvero ora di incontrarci di persona. Cosa ne dici?

Alessia: Non so... forse...

C.: Di cosa hai paura? Non significa mica nulla. Ci facciamo solo una chiacchierata guardandoci negli occhi, invece che picchiando sui tasti di un computer!

A.: Be', sí, anche a me piacerebbe trasformare un'amicizia virtuale in una reale.

C.: Abbiamo cosí tanti interessi in comune!

A.: Quello è vero...

C.: E non stiamo neanche troppo lontano.

A.: Be', sí, il mio paese è come una periferia della tua città. Con l'autobus in un'oretta sarei lí... Ci vengo spesso a far spese.

C.: E allora? Dimmi quando pensavi di venire in città e ci troviamo.

A.: Venerdí pomeriggio, forse.

C.: Facciamo venerdí pomeriggio di sicuro, allora. Io però al venerdí ho il negozio di ferramenta aperto fino alle sei. Potrei chiudere un po' prima, magari.

A.: Se no, faccio le mie spese, poi ci troviamo quando chiudi per un aperitivo.

C.: E magari una cena.

A.: Non correre, che mi spavento!

C.: Ma va' là! Anzi, andremo pianissimo perché... sai cosa ti propongo?

A.: Cosa?

C.: Spero non ti sembri strano. Vorrei che c'incontriamo come se siamo due perfetti sconosciuti. Insomma, due che non si sono mai conosciuti su Facebook.

(Commento mio: «Oddio, la morte dei congiuntivi!»)

A.: Perché?

C.: Ti confesso che Facebook non mi piace e non volevo entrarci. Poi ho provato perché, come ti ho detto, sono molto solo e un amico continuava a dirmi: «Prova, si fanno un sacco di amicizie!» Però mi vergognavo cosí tanto che ho anche messo un nickname… è cosí che si dice?

A.: Ma che nickname? Qui c'è il tuo nome e cognome: non sei Camillo Corradini?

C.: No, ho messo un nome falso perché non voglio che mi vedano su Facebook certi familiari. In realtà mi chiamo Corrado Camellini.

A.: Mi hai detto altre bugie? Non hai neanche un negozio di ferramenta?

C.: Ma no. Cosa vai a pensare? Il resto è tutto vero. Anzi, vieni a prendermi al mio negozio, Il Chiodo Fisso, cosí vedi che è reale. Ti va?

A.: Ah, quindi Il Chiodo Fisso esiste, per fortuna! È un nome cosí originale! Che forza!

C.: Ecco, io sono un originale! Per questo mi piacerebbe che entri in negozio come una cliente sconosciuta e mi dici: «Ha da farmi vedere dei pomoli in ottone per dei cassetti?»

(Commento mio: «Ancora il massacro del congiuntivo!» Commento di Vale: «Brava, ottima idea!»)

A.: Come fai a sapere che ho bisogno di pomoli per cassetti?

C.: Ma non lo sapevo!

(Commento di Alessandra: «Pure la sincronicità degli eventi!» Commento mio: «Ma poca concordanza dei verbi, purtroppo!»)

A.: Dio, che coincidenza! Dobbiamo proprio vederci, allora! E questa idea di azzerare tutto e conoscerci da capo, come due che si parlano per la prima volta, in realtà mi piace.

C.: Sai, da giovane facevo teatro. Sarà divertente recitare un po'.

(Commento di Ale: «Teatro, zio Corrado? E questa come ti è venuta in mente?»)

A.: Io adoro il teatro!

Ti aspetto alle cinque concludeva poi Barbara, nei panni, anzi nella chat di suo padre.

Poi le dava l'indirizzo del negozio e diceva che avrebbero guardato i pomelli e poi attaccato discorso, come per caso. E che dopo, come due perfetti sconosciuti, che però volevano conoscersi meglio, sarebbero andati a prendere un aperitivo insieme. Barbara aveva avuto persino la furbizia e la faccia tosta di fare ad Alessia un'altra richiesta originale: che fosse lei a invitarlo ad andare in un bar.

– Sapete, ho pensato che a mio padre non verrebbe mai l'idea di invitare fuori una sconosciuta che arriva in negozio a chiedere pomelli.

– Pensata geniale! – ha approvato Valentina.

– Molto previdente, davvero, – ha detto Ale, ma si capiva che sfotteva. – Vorrei proprio vedere la faccia di mio zio quando la cliente dei pomelli gli chiederà di andare al bar con lui. Come minimo penserà che voglia adescarlo!

– Be', la vedrai, perché noi saremo là, – ha detto, serafica, Barbara.

– Dove saremo? – ho chiesto.

– Al Chiodo Fisso.

– Tu c'hai un chiodo fisso, con 'sta storia di coinvolgerci nei tuoi casini! – è esplosa Ale.

– UNA MOSCA PER QUATTRO MOSCHE, QUATTRO MOSCHE... – ha iniziato Barbara, ma Alessandra l'ha interrotta sbuffando: – Non c'è bisogno che ci ricordi ogni volta questo terribile giuramento kamikaze.

– Cami... che? Che giuramento è?

– Lascia perdere! È un giuramento cretino e basta! – ha chiuso l'argomento Alessandra, mentre Valentina sospirava: – A me stuzzica un sacco l'idea di assistere a questo appuntamento combinato! Ci sarà da ridere!

– O forse da piangere, – ha detto Alessandra cupa.

Io invece non ho piú potuto trattenermi e ho commentato lo scambio in chat: – Certo che, se avessi aspettato il nostro aiuto, almeno avresti usato il congiuntivo e ti saresti espressa meglio. Alessia penserà che è un po' ignorantello, tuo padre!

– E dàgli con 'sto cavolo di congiuntivo! Ma c'hai proprio la fissa, tu! – ha sbuffato Barbara. – E che gli ho fatto dire di cosí sbagliato, secondo te?

Allora ho declamato: – «Vorrei che c'*incontriamo* come se *siamo* due perfetti sconosciuti!» «Mi piacerebbe che *entri* in negozio!»

– E cosa doveva dire? – E Barbara, stizzita, ha fatto esplodere una bolla enorme, mentre io recitavo il dialogo corretto, calcando la voce sui verbi giusti: – Vorrei che ci *incontrassimo* come se *fossimo* due perfetti sconosciuti. Mi piacerebbe che *entrassi* in negozio.

– Se funzionasse (congiuntivo ipotetico) sarebbe un miracolo! – si è intromessa Alessandra. – Ma è un'ipotesi molto remota!

– Vedi, – ha sbuffato Barbara, – è inutile imparare un verbo ipotetico con tre porta-sfiga come voi, che sono sicurissime che andrà tutto storto!

– Venerdí pomeriggio lo vedremo, – ha decretato Valentina. – Io non voglio perdermi per nulla al mondo il *tête-à-tête* Corrado Camellini-Alessia Giovine.

– Ho già pensato a tutto. Io mi offro di aiutare papà in negozio. Ogni tanto lo faccio e non sospetterà niente. E voi passate a trovarmi proprio alle cinque, – ha detto Barbara.

– E diciamo che stiamo lí ad aspettarti fino all'orario di chiusura, – ha proposto Vale.

– Proprio! – ha approvato Barbara.

Io e Ale ci siamo guardate perplesse, ma alla fine anche noi abbiamo sospirato il nostro okay.

16
Il Chiodo Fisso

Il Chiodo Fisso. Venerdí pomeriggio. Alle quattro e quaranta eravamo tutte e tre già davanti al negozio.

Non volevamo perderci l'arrivo di Alessia Giovine.

Avevamo dovuto dire tutte un po' di bugie per poter essere presenti a quell'appuntamento.

Valentina aveva detto che andava a casa dell'amica Alessandra, e Ale che andava a studiare a casa di Valentina.

Io e Barbara, invece, c'eravamo ricordate che al venerdí pomeriggio avevamo lezione di ginnastica alla Forza e Coraggio, proprio dalle cinque alle sei.

Lei aveva raccontato a suo padre che l'insegnante di ginnastica era malata e che, proprio perché la lezione era saltata, aveva deciso di andare in negozio a dargli una mano.

A me la coincidenza della lezione aveva fatto comodo: non avrei saputo cosa inventarmi per ottenere il permesso di uscire di casa e trovarmi con le mie amiche anche di venerdí. Invece, cosí era stato perfetto. Appena la mamma aveva girato la macchina, dopo avermi scaricata davanti alla palestra, io avevo fatto dietro front e mi ero recata di corsa al negozio di ferramenta del papà di Barbara, che per fortuna era vicinissimo, nello stesso quartiere, in una strada parallela alla Forza e Coraggio.

Cosí anche io, verso le quattro e quaranta, sono riuscita ad arrivare sul luogo del misfatto, davanti alle vetrine piene di trapani, cacciaviti, maniglie e aste metalliche del Chiodo Fisso.

Siamo rimaste appostate sul marciapiede di fronte e Ale ha mandato un sms a Barbara: *Siamo sul posto. Appena avvistiamo Alessia, ti facciamo uno squillo e subito dopo entriamo anche noi*.

Poco dopo, è arrivato il suo sms di risposta: *Non sto piú nella pelle, sto riordinando degli scaffali, ma mi casca tutto di mano perché sono troppo nervosa!*

Anche io ero nervosa, infatti mi sono accorta che mi stavo mordicchiando le unghie: non ero abituata a imbrogliare, a bigiare le ore di palestra e a complottare per trovare una fidanzata al padre di un'amica. La mia vita, in poco tempo, si era trasformata e mi sembrava di stare dentro un film: una commedia brillante, piena di equivoci e colpi di scena.

A un tratto, mi è arrivata una terribile gomitata nelle costole. – Porca vacca, non è possibile! – ha esclamato Alessandra, l'artefice della gomitata.

Dall'angolo della strada, era sbucata in quel mo-

mento una donna che teneva ben tre cani al guinzaglio. E quei minuscoli cani avevano delle enormi orecchie a farfalla.

– Quella dev'essere Alessia Giovine! E si è portata dietro i tre mostriciattoli. Zio Corrado, quando li vede, sbrocca!

– Ehi, ma quella ha un paio di occhiali spessi come fondi di bottiglia. Mica era cosí, su Facebook! – ha notato Valentina.

– Anche lei si sarà ritoccata un po', a quanto pare, – ho commentato io.

Intanto la tipa è entrata in negozio e noi l'abbiamo prontamente seguita.

– In questo negozio non sono ammessi cani! Non ha letto il cartello? – ha sbraitato immediatamente il padre di Barbara, un bell'uomo alto e robusto, anche se brizzolato, che io vedevo per la prima volta dal vivo.

Alessia si è bloccata e ha spalancato la bocca, sconcertata.

E allora noi siamo rimaste ancora piú allibite di lei: in quella bocca c'era uno di quegli apparecchi pieni di fili metallici e gancetti per risistemare i denti.

– Nelle foto della sua pagina Facebook aveva un sorriso bellissimo! – ho sussurrato, sconcertata dal fatto che persino degli adulti, in un social network, inventassero e mascherassero cosí le proprie caratteristiche fisiche, e certamente anche molti aspetti della propria personalità.

Intanto Alessia si era ripresa e balbettava: – Oh già, che sciocca a non averci pensato. In un negozio, naturalmente, ci sono delle regole obbligatorie.

– La realtà è che io, i cani... – ha iniziato a dire Corrado, ed era chiaro che avrebbe terminato la frase con un «li detesto».

E mentre Alessia sussurrava tra sé: – Sí, lo so, li adori, – Barbara ha fatto crollare da una mensola tubi di ferro e scatole di bulloni con un fracasso infernale.

Ci ha strizzato l'occhio per farci capire che l'aveva fatto apposta, e appena in tempo, per interrompere quella prima conversazione già piena di risvolti pericolosi.

Corrado ha cacciato un urlo a cui è seguito uno

spontaneo: – Porca p... – che si è autocensurato in tempo, in pieno stile Edoardo. – Ma cosa c'hai, oggi, Barbara? E per fortuna che eri venuta ad aiutarmi!

Poi si è rivolto ad Alessia Giovine dicendo: – Mi scusi, signora. È mia figlia, sa come sono i ragazzi a quell'età: vorrebbe aiutarmi, ma è talmente maldestra!

Quindi si è rivolto di nuovo a Barbara gridando: – Metti a posto! Anzi, no... lascia stare, faccio poi io. E sparisci, prima di smontarmi l'intero negozio!

Barbara, con una prontezza d'iniziativa ammirevole, ha afferrato il guinzaglio dei tre cani papillon dicendo: – Sparisco portando fuori i cani, cosí la signora può fare i suoi acquisti con tranquillità. Non si preoccupi, signora. Bado io a...

– ... Foffi, Puffo e Sbaffo. Grazie, cara! – ha concluso lei, prodigando a Barbara un sorriso a trentadue denti e sessanta gancetti.

Forse, senza quel coso in bocca e senza le lenti spesse come fondi di bottiglia, quello sarebbe stato un bel sorriso.

Poi Alessia si è rivolta al padre di Barbara, abbassando la voce e con un tono di riprovazione: – Non è il caso di trattare cosí una povera ragazzina senza madre!

Corrado l'ha guardata interdetto, cercando di capire se avrebbe dovuto conoscere la tizia che gli stava davanti, una che diceva cose che nessuna sconosciuta poteva sapere. – E lei come cavolo fa a saperlo?

Sbarazzina e un po' complice, Alessia Giovine ha cinguettato: – Oh, un'intuizione! – Poi, accorgendosi dello sguardo allibito di Corrado, e pensando che fosse per il suo aspetto, ovviamente diverso da quello che propagandava su Facebook, ha borbottato: – Ah, be', certo... gli occhiali e...

– Favoriscono l'intuizione? Sono occhiali a raggi X che vedono dentro le persone? – ha chiesto Corrado un po' sarcastico, naturalmente fraintendendo. Ma poi ha sorriso perché, avendo un negozio, era piú che abituato alle persone stravaganti e sapeva che comunque «il cliente ha sempre ragione» e, se non ce l'ha, in nome degli affari bisogna dargliela.

– Certo, anche la sua testa... – ha detto Alessia, per fortuna dandogli comunque del lei. Era chiaro che si riferiva ai capelli, molto brizzolati, anzi quasi bianchi, che non corrispondevano affatto a quelli delle foto su Facebook.

Corrado, poveretto, ha frainteso di nuovo: – Scusi, ma le mie questioni familiari non la riguardano –. Poi si è picchiato un dito sulla fronte: – Si vede che non ci arriva, la mia testa, a capire come si tratta una figlia orfana di madre! E d'intuizioni, qui dentro, forse ce ne sono pochine...

Alessia ha fatto un lungo sospiro e ha balbettato: – Scusa... cioè, scusi... capisco che sono proprio partita col piede sbagliato. Resettiamo tutto e ricominciamo da capo... Avrebbe da farmi vedere dei pomelli per cassetti? – ha poi chiesto in modo molto neutro e formale.

Intanto Barbara, da fuori, ci faceva gesti continui. Attraverso la vetrina la vedevamo che si sperticava, strattonando i poveri Foffi, Puffo e Sbaffo, per sapere come stava andando.

Non eravamo molto rassicuranti, penso, perché facevamo segni contraddittori.

Io, con la mano, le segnalavo di avere pazienza, di aspettare che ancora non si poteva sapere. Valentina, invece, faceva quel gesto tipico che significa «cosí cosí». Ma Alessandra, che purtroppo aveva delle capacità mimiche notevoli, metteva in scena un vero disastro, con smorfie ed espressioni molto riuscite.

Intanto Alessia e Corrado erano scesi su un piano puramente professionale e parlavano di pomelli e cassettiere. Era tutto molto naturale, forse perché Alessia aveva davvero bisogno di pomoli e il signor Camellini ne aveva una vera collezione di ogni tipo, genere e misura, e si erano infervorati a parlare dello stile della cassettiera, per scegliere i piú adatti.

A un certo punto, Corrado ci ha viste, tutte e tre lí impalate a osservare la scena, e ci ha detto: – Ehi, perché non andate fuori con Barbara, voi tre? – Poi, rivolto a quella che credeva una normale cliente, benché bizzarra: – Mi scusi, sono amiche di mia figlia.

Valentina, con una prontezza di riflessi invidiabile, ha detto: – Veramente, non siamo qui solo per Barbara. Io vorrei comprare un set di cacciaviti da regalare a mio padre per il suo compleanno, o qualcosa di simile per il bricolage. Insomma, mi sto guardando intorno.

Neanche il proprietario di un negozio di ferramenta, ben provvisto di tenaglie, avrebbe potuto schiodarci da lí dentro!

Alla fine il signor Camellini ha incartato sei borchie con anello, che imitavano uno stile molto antico di pomelli in ottone invecchiato, e ha battuto il conto alla cassa.

Alessia è parsa sorpresa, probabilmente si aspettava che lui non la facesse pagare.

Poi, un po' timidamente, ha pronunciato la fatidica frase: – Cosa ne direbbe, se andassimo a prendere un aperitivo insieme?

Corrado Camellini ha strabuzzato gli occhi, poi ha tossito spasmodicamente: doveva essergli andata di traverso la saliva. Quindi ha guardato, come un naufrago, nella nostra direzione.

Allora Alessia ha sussurrato: – Capisco, non davanti alle ragazze! Ti aspetto fuori. Fai con comodo a chiudere il negozio, io aspetto –. Ed è uscita.

– Quella è pazza! – è esploso il padre di Barbara, sapendo che tanto avevamo sentito tutto. – Io di gente strana ne incontro, ma una svitata cosí non si è mai vista!

In quel momento è rientrata Barbara, che aveva

riconsegnato i tre cagnolini alla legittima proprietaria.

Attraverso la vetrina vedevamo Alessia, chinata a fare mille moine alle sue bestiole. Non si sarebbe mossa dal marciapiede davanti al Chiodo Fisso.

– Ecco, proprio tu! – ha esclamato Corrado, vedendo sua figlia. – Dopo avermi combinato tanti guai, renditi finalmente utile. Chiudi tu il negozio stasera e tira giú le saracinesche. Io me la svigno dal retro alla chetichella, perché fuori c'è una svitata che si è messa in testa delle strane idee.

– Quali idee, papà? – ha chiesto Barbara, con aria innocente.

– Vuole uscire con me, figurati! Andare a prendere un aperitivo.

– E perché non ci vai, papà? Magari è simpatica. Non esci mai con nessuna, potrebbe essere un'occasione, – gli ha suggerito Barbara, ancora speranzosa.

– Sai che occasione! Ti pare normale una che invita fuori il primo negoziante che incontra? E sapessi le stranezze che ha detto! Sembra una appena scappata dal manicomio.

– Forse le sei piaciuto, avrà sentito che avete qualcosa in comune, – ha insistito Barbara.

– Ah, stai dando del matto a tuo padre? Di' un po', cosa avremmo in comune io e quella talpa con l'apparecchio e tre orribili botoli pelosi? – è sbottato Corrado, e intanto indossava giaccone e sciarpa, pronto a filarsela dal retro.

Quando se n'è andato, abbiamo tirato un sospiro di sollievo.

– Ma ti pareva il caso di insistere ancora? – ha sbuffato Alessandra.

– Quella lí non è affatto come me l'aspettavo, – ha commentato Valentina, delusa. – Ma possibile che su Facebook si presentino tutti in un modo e poi siano in tutt'altro?

– Non tutti. È andata male stavolta, ma la prossima, magari... – ha tentato Barbara.

– Non ci sarà una prossima, scordatelo! – ha decretato Alessandra.

– In fondo è andata bene. Ringrazia che sia finita cosí, senza che nessuno abbia scoperto che c'era il tuo zampino, – ho detto io.

– Ha ragione Caterina, – hanno approvato le altre.

– Già, ma adesso come faccio con quella là?

Abbiamo sbirciato dalla vetrina e Alessia Giovine era sempre lí fuori che aspettava Corrado.

– Cosa farà, quando vedrà che sono io a chiudere il negozio? – si è chiesta Barbara.

– Cosa vuoi che faccia? Capirà che tuo padre l'ha bidonata e se ne andrà offesa e delusa. Fine della storia! – ha concluso Ale.

Magari avesse avuto ragione!

17
Smascherata

Il resto della storia l'abbiamo saputo il giorno dopo.

Era sabato, il giorno in cui di solito uscivamo insieme. Ma a casa Valenti festeggiavano il compleanno di Lidia, la bellissima sorella minore di Valentina, che compiva dodici anni. Lei la detestava, ma nella casa del Mulino Bianco non era ammesso disertare il compleanno di una sorella. E Barbara, per quello che era successo la sera prima, e che ora vi racconterò, era in punizione ed era stata affidata alla nonna paterna che, come un cane da guardia, doveva controllare che non uscisse di casa né ricevesse amici.

Ale era venuta da me, dovevamo andare a fare una passeggiata in centro insieme, ma Barbara ci aveva mandato il suo SOS con un messaggino e aspettava un appuntamento su Skype per sfogarsi.

Ci siamo connesse, e appena abbiamo acceso la telecamera, oltre all'audio, ci siamo accorte dalla sua faccia devastata che aveva pianto.

Sapevamo a grandi linee cos'era successo, perché

già la sera prima ci aveva mandato un sms, ma ci mancavano i particolari.

E ora, via Skype, Barbara ci ha raccontato tutto.

Sapete, io ho sempre sognato di scrivere la sceneggiatura di una di quelle belle commedie brillanti e frizzanti, piene di equivoci e colpi di scena, e adesso ho proprio l'occasione di raccontare una cosa cosí. E allora ci provo, cioè cerco di romanzare un po' l'accaduto, cosí come me lo sono immaginato dal racconto di Barbara.

Facciamo quindi un passo indietro e torniamo a quando Barbara, la sera prima, ha chiuso lei il negozio.

Mentre abbassava e bloccava le saracinesche, si è sentita apostrofare: – Ehi, tu, sei la figlia del proprietario del negozio, Camillo Co... cioè, Corrado Camellini?

Era Alessia Giovine, che le si era avvicinata.

E mentre Foffi, Puffo e Sbaffo saltellavano e abbaiavano come indemoniati attorno a Barbara, mordicchiandole l'orlo dei pantaloni, lei, imbarazzatissima, ha detto: – Sí, mi chiamo Barbara Camellini, perché?

Come se non l'avesse saputo, il perché!

– Dov'è tuo padre? – ha chiesto Alessia.

Noi eravamo con lei e Valentina, con una bella faccia tosta, ha risposto: – Il signor Camellini era indisposto e se n'è andato prima.

Barbara l'ha guardata come un naufrago guarda un salvagente che gli viene lanciato.

– Ma io non l'ho visto uscire, – ha insistito Alessia, sospettosa e caparbia.

– È uscito dal retro, – ha sussurrato Barbara.

– Per far prima. Si sentiva male e la macchina l'aveva lasciata dall'altra parte, – si è inserita Valentina, che a raccontar balle con l'aria piú innocente del mondo è una vera campionessa.

– Ah –. Alessia ha detto cosí, solo «ah». Poi ci ha girato le spalle e pensavamo che se ne tornasse a casa sua e fosse uscita per sempre dalle nostre vite.

Ma abbiamo poi saputo che non è andata cosí.

Abbiamo lasciato Barbara, l'unica di noi che ha già il motorino, un cinquantino Aprilia con cui se ne sarebbe tornata a casa.

Vale e Alessandra prendevano un mezzo pubblico, ognuna verso casa propria, e io me ne tornavo davanti alla Forza e Coraggio, ad aspettare mio padre con l'aria piú innocente e sudata del mondo, come se avessi appena terminato un'ora di palestra. Era lui, per fortuna, che doveva passare a riprendermi a fine lezione. Con la mamma, non c'è dubbio, non avrei saputo reggere la menzogna, ma papà, sempre distratto e in un suo mondo, non mi avrebbe fatto né troppo caso né troppe domande.

Nessuno poteva immaginare che Alessia Giovine, dopo essere risalita in macchina, avrebbe seguito il motorino di Barbara, senza farsi notare, nel traffico della grande città.

Barbara non era rientrata in casa neanche da venti minuti, quando qualcuno ha suonato il campanello alla porta del suo appartamento.

Alessia Giovine era stata cosí furba da non suonare al portone esterno, per non correre il rischio che Corrado non le aprisse. Aveva aspettato che qualche condomino entrasse, si era intrufolata dentro e si era fatta tutti i piani, finché non aveva visto, attaccata a una porta, la targhetta con scritto *Camellini*.

È stato proprio Corrado ad andarle ad aprire, mentre Barbara metteva la testa fuori da camera sua, per vedere anche lei di chi si trattasse.

Non so chi dei due abbia cacciato il grido di sorpresa piú forte.

– Voglio una spiegazione! – ha esordito Alessia. – Se è per questo, – ha bofonchiato poi, indicando l'apparecchio che portava in bocca, – lo tolgo tra venti giorni. E neanche tu sei proprio come apparivi nelle foto!

– Ma di cosa sta parlando? Cosa vuole? Questa è una persecuzione! – ha gridato Corrado. – E poi, fuori da casa mia quegli orribili cani, se no...

– Se no il tuo pastore belga se li mangia in un boccone, vero? – ha chiesto malevola Alessia, sbirciando intorno con quel suo sguardo mezzo cieco da talpa. Aveva già capito che anche Lampo, l'amato cane pastore di Corrado Camellini, era solo frutto di fantasia.

Quello che proprio non poteva immaginare era

che non si trattava della fantasia di Corrado, ma di quella di sua figlia Barbara.

Ma l'ha scoperto in fretta. Barbara non ce l'ha fatta piú ed è intervenuta: – È colpa mia! Posso spiegarvi tutto –. Poi è scoppiata in lacrime.

– Si può sapere cosa c'entri tu? – ha chiesto Corrado.

– Non cercare di difenderlo! – è intervenuta Alessia. – Se tuo padre è un mascalzone che cerca di irretire delle povere donne su Facebook e poi le bidona, tu cosa c'entri?

– Facebook? Irretire? – ha balbettato il povero Corrado che non capiva nulla. Ma poi si è girato verso la figlia, e qualche barlume di comprensione deve purtroppo essersi acceso nella sua mente. – Che cos'hai combinato, Barbara?

– Non ti arrabbiare, ti prego! Volevo solo trovarti una fidanzata, papà!

Quindi, tra le lacrime, Barbara ha raccontato il suo misfatto e, per fortuna, è stata cosí generosa da non coinvolgerci nella faccenda e si è assunta l'intera responsabilità del profilo Facebook di Camillo Corradini, alias Corrado Camellini, alias Barbara che fingeva di essere suo padre intessendo amicizie femminili in rete.

Alessia, bisogna riconoscerlo, è stata molto comprensiva: – Povera ragazza! – ha detto. – Dovrebbe farla vedere da uno psicologo. È chiaro che la perdita della madre l'ha traumatizzata!

Corrado, invece, è stato decisamente sgarbato. A sentire Barbara, avrebbe detto: – Ma cosa vuole saperne lei? – o roba simile, e l'ha pregata di lasciarli soli. – Le chiedo scusa a nome di questa sconsiderata, per averla coinvolta, ma la prego di lasciarmi solo con mia figlia. È una faccenda delicata e privata. E anche se lei ha l'impressione di conoscermi, io, cerchi di capirmi, non la conosco affatto! I cani poi... – ha concluso, lanciando uno sguardo tra il disgustato e l'apprensivo ai tre piccoli papillon.

– Ho capito, anche quella era una menzogna, – ha detto Alessia, molto sostenuta e tirando su col naso, perché si capiva che aveva voglia di mettersi a piangere e, in modo molto incoerente, continuava a trattare Corrado come se fosse davvero lui il responsabile della sua delusione. – L'ho capito, sa, non solo non c'è nessun Lampo, ma lei i cani li detesta addirittura!

– E chi sarebbe Lampo? – ha chiesto Corrado, smarrito.

– Lascia perdere, papà, mi sono anche inventata che avevi un pastore belga: Lampo.

– Ma cosa ho fatto io, per meritarmi una figlia simile! – ha esclamato il povero Corrado, alzando gli occhi al cielo.

– Deve avere sbagliato, e molto! – ha decretato Alessia. E siccome a questo punto, secondo Barbara, gli occhi di suo padre si sono iniettati di sangue e hanno mandato sinistri bagliori, la signorina

Giovine ha levato le tende dicendo: – Tolgo il disturbo!

Piú tardi, mentre Barbara singhiozzava in camera, suo padre è entrato e l'ha abbracciata chiedendo, col tono un po' ruvido e un po' commosso: – Ma allora ci tieni davvero tanto che io trovi una compagna?

– Sí.

– Ma perché? Non stiamo bene anche noi due, da soli? Senti il bisogno di una madre?

– Per niente. È per te che vorrei una fidanzata... Mica c'ho pensato che poi mi farebbe da madre. Magari scoccerebbe un tot, eh? – E Barbara ha fatto il primo sorriso della serata. – Solo pensavo che uno con l'amore sta piú felice.

– Starebbe...

– Mannaggia, pure tu con 'sti verbi!

– Non pensi che, nel caso, sarei io a dovermi innamorare e trovare una nuova compagna?

– E come fai, orso come sei, e sempre chiuso in quel negozio di ferramenta, o a pescare e guardare partite con dei maschi e basta? Cercavo di darti una mano!

– Non lo fare piú, Barbara, per piacere! Questa storia di Facebook poi è proprio un brutto imbroglio. Ti perdono, ma una punizione te la meriti.

Cosí Corrado l'ha reclusa in casa per un bel po', con una nonna come sorvegliante.

18
Sfilata sexy e interruzioni

Ricordo benissimo il primo pomeriggio in cui ci siamo ritrovate a casa di Barbara, che aveva finalmente finito di scontare la sua pena. *I'm free!* ci aveva messaggiato. E noi eravamo corse a casa sua per festeggiare la ritrovata libertà della nostra amica e della sua casa, finalmente vuota, «esentnonna», come l'ha definita Ale, e di nuovo a nostra disposizione.

Appena arrivate, Valentina ha detto: – Sorpresa, sorpresa! Guardate cosa vi ho portato oggi per far baldoria!

Poi, come un prestigiatore che estrae colombe dal cilindro, ha tirato fuori da una borsa un sacchetto, e dal sacchetto una nuvola vaporosa di stoffe e pizzi che altro non erano che completi intimi super chic.

– E questi dove li hai presi? – ha chiesto Barbara, tutta occhi sgranati.

– Li hai rubati alla Barbie? – ho chiesto io, con un'improvvisa intuizione.

– Eh, che parolone!

– Barbie?

– No, ru-ba-re! Io non ho rubato niente, li ho solo presi in prestito, – ha precisato Vale con tono risentito. – Stasera ritorneranno ben piegati nei cassetti della mamma. Lei è via, questo fine settimana, per un convegno sulla blefaroplastica non chirurgica. Quando torna, non si accorgerà di niente!

– E perché li hai presi? – ho chiesto, e le mie nuove amiche mi hanno guardata come un'aliena.

– Ma per provarceli, no?! – hanno detto in coro.

Ho scoperto allora che, di pomeriggi a truccarsi o ad agghindarsi da dive sexy, ne avevano già passati un tot e una cifra, prima che io entrassi nel loro gruppo. Adesso la neofita Caterina avrebbe sperimentato per la prima volta uno di questi mitici *meeting*.

C'è stato un po' di parapiglia e qualche battibecco per smistare la biancheria intima e scegliere ognuna il completo che le piaceva di piú, quando all'improvviso abbiamo sentito suonare alla porta.

Barbara è andata ad aprire, mentre noi siamo rimaste in camera sua. Abbiamo però sentito una voce, dolce come la melassa, che le cinguettava qualcosa e lei che rispondeva a scontrosi monosillabi.

– Questa dev'essere la famosa Acciuga Rompiballe. Dài, andiamola a vedere! – ha sussurrato Valentina.

Barbara ci aveva parlato, infatti, di una nuova vicina di casa che lei aveva subito battezzato l'Acciuga Rompiballe. Si trattava di una tipa che aveva traslocato da circa una settimana al piano di sotto.

– È alta e magrissima, stile Olivia di Braccio di Ferro. Ma come personalità assomiglia di piú a un incrocio tra Clarabella e Nonna Papera, – ce l'aveva presentata Barbara. – Si comporta sempre come se volesse vincere il premio «Bimba buona dell'anno». Mielosa e appiccicosa. E mi ha presa come la povera orfanella da consolare e coccolare.

– Vediamo se è cosí terribile? – ha proposto Valentina. E tutte e tre, dalla camera, abbiamo sbirciato nel corridoio. L'abbiamo riconosciuta subito, alta e magrissima, era lei: l'Acciuga Rompiballe.

Aveva in mano un vassoio da cui si sprigionava un profumo delizioso: erano biscotti alla cannella appena sfornati.

– Ho visto salire le tue amiche e ho pensato che potesse farvi piacere una merenda, – ha cinguettato la nuova vicina che si chiamava, abbiamo poi saputo, Maria Merletti.

Ascoltare la sua voce, bisogna ammetterlo, era come succhiare una caramella troppo dolce e appiccicosa, ma nell'idea di portarci dei biscotti, io non ci vedevo niente di male. Anzi, si sono poi rivelati squisiti.

– Grazie, signora Merletti, – ha risposto Barbara con una freddezza che rasentava la maleducazione. – Le ripeto: non doveva disturbarsi. Io sono a dieta, – ha poi aggiunto, mentendo e allontanando il vassoio per rifiutarlo. – E alle mie amiche ho già offerto birra e patatine fritte.

Questa era una provocazione bella e buona, per giunta falsa, alla quale la signora Merletti ha reagito con un gridolino. Poi, con una vocina in falsetto, ha esclamato: – Ma alla vostra età non dovreste proprio bere, ragazze! A parte che l'alcol è sconsigliabile a qualsiasi età. Io sono astemia. Ma tuo padre lo sa, ragazza mia?

– Non credo di essere la sua ragazza, – ha detto Barbara, acida, e poi ha gonfiato e fatto esplodere una bolla di chewing gum enorme, senza nessun ritegno.

A me, quando faceva cosí, Barbara non piaceva. In fondo, la vicina di casa era stata gentile, per questo sono intervenuta e le sono andata incontro dicendo: – Io li assaggerei molto volentieri i suoi biscotti, grazie!

Maria Merletti si è girata verso di me e mi ha fatto un sorriso angelico, poi mi ha accarezzato una guancia in un modo che mi ha un po' ricordato la suora di quando andavo all'asilo. Anche lei si chiamava Maria, suor Maria. Poi ha detto: – Volentieri, cara! Prendi, li ho fatti per voi. Che amica carina e gentile hai, Barbara! Dovresti prendere esempio da lei –. Poi ci ha salutate e se n'è andata.

Barbara non le aveva neanche chiuso la porta alle spalle, che già urlava: – Traditrice! Sei una sporca traditrice! Faccio di tutto per togliermela dalle palle e tu...

Era incavolata nera, ma anche le altre si erano già buttate sui biscotti e, siccome non ne avevamo mai mangiati di piú buoni, hanno chiuso la bocca a Barbara infilandoci dentro due biscotti alla cannella.
– Torniamo alla nostra sfilata sexy, – ha bofonchiato, con la bocca piena.

Ci siamo spogliate. Poi, ronzando come quattro mosche eccitate e ciarliere, ci siamo infilate le microscopiche mutandine e allacciate a vicenda i reggiseni a balconcino.

La Barbie, madre di Vale, che avevo conosciuto aveva il torace stretto, ma due seni da fare invidia a una velina televisiva, e quindi per noi i suoi reggiseni, pur allacciandosi bene, come coppa restavano vuoti e flosci.

Ma Valentina aveva una soluzione anche per questo: li abbiamo imbottiti di cotone.

Barbara, che da piccola aveva sognato di diventare parrucchiera o estetista, ha mantenuto una certa vocazione per le pettinature e il trucco. Cosí, anche se ora frequenta l'istituto agrario e sogna di diventare vivaista, si è offerta di pettinarci e truccarci.

Alla fine, nello specchio a figura intera della camera di Barbara, si riflettevano quattro vamp dall'aspetto un po' equivoco. Valentina, in reggiseno a balconcino e tanga color carta da zucchero, e truccata tutta sui toni del blu e dell'azzurro, assomigliava tantissimo a sua madre ed era un vero schianto, ma anche io non ero affatto male.

– Ma sono proprio io? – ho chiesto incredula. Mi trovavo veramente bella, specialmente gli occhi, che con rimmel e matita nera avevano preso una profondità e un languore che non mi conoscevo. – Voglio truccarmi sempre sempre! – ho battuto le mani, entusiasta.

– Devi solo affrontare a duello tua madre, ma puoi farcela, – ha detto Alessandra, ridendo per il mio entusiasmo.

In quel momento abbiamo sentito di nuovo lo squillo del campanello.

Abbiamo dovuto interrompere la nostra sfilata sexy e indossare in fretta e furia chi un maglione e una gonna, chi un accappatoio o una vestaglia sopra le nostre tenute da pin up, mentre Barbara, cupa come una notte di temporale, ringhiava: – Se è ancora lei, la strangolo!

Era ancora lei, la vicina. – È già tornato a casa tuo padre? – ha chiesto.

Barbara si è limitata a scuotere la testa.

– Oh, cara, mi dispiace tanto disturbarlo! D'altra parte, lui è cosí gentile e disponibile, e mi ha detto che di qualunque cosa avessi bisogno, potevo...

Barbara continuava a guardarla come certi dobermann fissano i polpacci delle persone. E non diceva una parola per incoraggiare la conversazione.

La vicina ha fatto un sospiro, poi ha proseguito, con quella voce mielosa: – Se non ti dispiace, potresti dirgli, quando torna, che avrei una mensola da metter su col trapano?

Barbara non ha risposto né sí né no e ha mantenuto una faccia inespressiva da mummia.

Noi, per solidarietà, siamo uscite dalla camera e l'abbiamo raggiunta, ma non è stata una buona idea. La vicina impicciona ha sgranato tanto d'occhi a vederci cosí truccate e acconciate. Probabilmente pensava che Barbara avesse trasformato l'appartamento al secondo piano di Corrado Camellini in una casa d'appuntamenti, in un luogo di perdizione.

Alla fine, l'Acciuga Rompiballe ha sospirato di nuovo: – Be', se vorrai essere cosí gentile da dirglielo, grazie. Ciao, cara! – Poi ha aggiunto, velocemente: – Credo che tu e le tue amiche abbiate esagerato un po' col trucco, – e l'abbiamo sentita scendere le scale verso il suo appartamento.

– È un incubo! – ha commentato Barbara. – E si permette anche di commentare il mio e il vostro aspetto!

– Un po' equivoco lo è, – ho detto per amor di verità.

– E zio Corrado, poveretto, è stato ingaggiato come operaio tuttofare dalla vicina di casa? – ha chiesto Alessandra.

– A dire il vero, è lui, quello stupido, che si è offerto di aiutarla, quando la rompiballe ha traslocato qui. È sola, niente mariti o figli a darle una mano. Però, quella lí, l'ha trasformato in uno schiavo! È di quelle che, se le dai un dito, ti prendono una gamba, – ha sbuffato Barbara.

– Si direbbe un braccio, – ho sussurrato.

– La casa piú libera e con maggior privacy di tutta la città si sta trasformando in un call center, – ha commentato Valentina, scocciata anche lei.

– Speriamo che non faccia la spiona con papà, – ha sospirato Barbara.

– Be', se tu evitavi di inventarti che stavamo bevendo birra e non ci vedeva conciate cosí, era meglio, – ho detto io.

19
In tivú

E finalmente il grande giorno del quiz televisivo è arrivato. Siamo partiti per Milano in treno e credo che i passeggeri della carrozza nove dell'Eurostar, dove avevamo prenotato i nostri posti, non dimenticheranno facilmente il loro viaggio e lo avranno sicuramente annoverato tra i peggiori.

Tenerci calmi e silenziosi era veramente una *mission impossible*.

Ci accompagnavano la Cinieri, naturalmente, e il prof Umberto Corvo di matematica.

– Ci volevano i vecchi treni a scompartimenti! – sospirava il prof di matematica.

– Ci farete cacciare. Se non la piantate, ci scaricano alla prossima stazione! – protestava la Cinieri.

Ma noi, per quanto cercassimo di contenerci, eravamo troppo eccitati e non facevamo che scoppiare in sonore risate e richiami. E le chiacchiere, seppure a gruppetti, se sommate, producevano un discreto frastuono.

Qualcuno degli altri passeggeri si metteva le cuffie e cercava di isolarsi ascoltando l'iPod, c'è stato chi ha cambiato carrozza e chi invece diceva con indulgenza: – Beata gioventú! – o roba simile.

Qualcuno che, avendo chiesto spiegazioni, era venuto a sapere dello scopo del nostro viaggio, s'interessava e faceva domande sulla trasmissione televisiva a cui avremmo partecipato.

– Guarda, stanno sempre lí in un angolo a *ciuciottare*, – commentava la Cinieri, contagiata anche lei dal «lessico famigliare». – Cosa sono tutti quei *fufignezzi*?

Nel gergo della famiglia Ginzburg, *ciuciottare* è chiacchierare fitto e i *fufignezzi* sono i pettegolezzi, parole che rendono benissimo l'idea di ciò che stavamo facendo a bordo di quel treno.

Lucio non riusciva a stare fermo e la sua testa ricciolutа sembrava un cespuglio ambulante, perché la si vedeva andare su e giú per il corridoio centrale dello scompartimento. Si spostava da un gruppetto all'altro, mimando mosse di scherma ed esclamando con ognuno: – *Hola, mi nombre es Inigo Montoya*. Tu hai ucciso mio padre, *prepárate a morir*!

Questo era diventato il suo tormentone, dopo le molteplici visioni della pellicola *La storia fantastica*. Aveva un debole per il personaggio dello spadaccino spagnolo interpretato da Mandy Patinkin e si era completamente identificato. Si era anche iscritto su

Facebook al gruppo dei fan di Inigo Montoya e si era fatto pure crescere gli stessi baffetti. Aveva persino proposto a quelli della sua band di cambiarsi il nome da *Green Toads* a *Inigo Montoya Band*, ma gli altri non avevano accettato, perché non erano stati contagiati dalla visione di quel film davvero fantastico.

Bobone e Diego, invece, servizievoli e adoranti nei confronti di Valentina, come Westley lo è nel film nei confronti di Bottondoro, ronzavano attorno alla nostra amica esclamando in continuazione: – Ai tuoi ordini!

Sono queste le uniche parole che il garzone rivolge alla bella Bottondoro finché, come dice il narratore della storia, lei non si accorse con stupore che tutte le volte che lui le diceva: «Ai tuoi ordini», in realtà voleva dirle: «Ti amo».

Ma Valentina non sembrava cogliere questo significato in tutte le attenzioni che le riservavano Diego e Bobone. Anzi, cinicamente, ne approfittava: – Andatemi a prendere un panino col prosciutto al bar!

– Ai tuoi ordini!

– Tiratemi giú la valigia.

– Ai tuoi ordini!

– Passatemi l'iPod.

– Ai tuoi ordini!

Ecco come si svolgevano i monotoni dialoghi tra quei tre.

Di tanto in tanto, Valentina sospirava: – Pensate,

ragazzi, se mi vedono in tivú quelli di *X Factor* e mi chiamano per un provino!

– Come disse Femio, l'aedo, prima di rallegrare il banchetto dei Proci! – ha commentato Enrico, citando l'*Odissea*.

– Quel Subiaco, dice cosí para burla! – è intervenuto Lucio, sempre in stile *Storia fantastica*, dando l'avvio all'intero divertentissimo dialogo tra Montoya e l'enorme Fezzik che, nella pellicola, segue questa battuta. Molto spiritosamente, le battute di Fezzik le ha recitate Bobone, adattissimo a fare il gigante. Ed ecco il duetto nel quale si sono esibiti Bobone e Lucio:

– Burla, burla... Vuol far il gran capo e urla, – ha esordito Bobone/Fezzik.

– Ha la voce che sembra un... cannone.

– Forse perché è un pochino... cafone!

– Hai un grande talento para la rima.

– Sí, ora piú... di prima!

Alla fine è intervenuto Enrico, imitando Vizzini, il genio criminale del trio di banditi del film, adottando pure il suo tipico accento siciliano: – Basta con le rime ho detto!

E Bobone/Fezzik, mimando: – Mi pento e mi batto il petto.

Be', credo che vi siate fatti un'idea di quale follia sia stata il nostro viaggio.

Quella sera, nell'hotel dove avevamo prenotato le camere, i professori erano terrorizzati pensando che, come in ogni gita scolastica che si rispetti, non avremmo dormito e avremmo fatto baldoria, magari anche bevendo, dandoci a eccessi di vario genere e disturbando tutti gli altri clienti.

Invece, forse non ci crederete, ma anche se in effetti non abbiamo dormito, abbiamo passato l'intera nottata a interrogarci e ripassare. Chi declamava Calvino, chi cercava di risolvere un «Gomitolo»: si trattava di mettere in fila una serie di parole sparse, collegandole per associazione d'idee... letterarie, naturalmente, come seguendo il filo di un gomitolo, per l'appunto.

Enrico aveva preparato una serie di indizi, come nella prova «Indovina il titolo», e noi, come avremmo dovuto fare in trasmissione il giorno dopo, cercavamo d'indovinare il titolo del libro di cui si stava parlando.

Nemmeno Lucio e Valentina facevano confusione. Anche se non la finivano piú di ascoltare pezzi degli anni Settanta, sfidandosi a indovinare titolo e autore della canzone, si erano però messi le cuffie.

Il giorno dopo avevamo le occhiaie e non facevamo che sbadigliare, ma ci sentivamo prontissimi.

Alla mattina, Valentina è stata impegnata per qualche ora a preparare con i musicisti della trasmissione i suoi cinque brani cantati. Avevano dato il permesso ad alcuni di noi di assistere a queste prove, e Vale voleva assolutamente la mia presenza e quella di Alessandra. Ale c'è andata, ma io, deludendo molto Valentina, sono crollata a dormire in albergo, per recuperare le ore di sonno perduto. Mi sembrava il caso che almeno una delle due assistenti del capitano fosse sveglia e pronta.

Non starò certo a raccontarvi tutta la sfida, ma sappiate che ce la siamo giocata sul filo del rasoio fino all'ultimo minuto, perché il capitano della squadra di Bergamo, una ragazza di nome Alberta, sembrava la versione femminile di Enrico Subiaco: una specie di genio onnisciente.

Nello sprint finale, una mia risposta è stata determinante.

– Il libro *La principessa sposa*, da cui è stato tratto il film *La storia fantastica*, finisce con la stessa battuta e nello stesso modo del film? – ha chiesto la conduttrice.

Tutti si erano guardati il film, ma ben pochi avevano letto il libro, e nessuno aveva la mia memoria per le citazioni. Che non finisse nello stesso modo lo sapevamo, ma quando ci ha chiesto: – Qual è la frase finale? – tutti si sono guardati sgomenti, sia nella nostra squadra che in quella dei bergamaschi.

Io, invece, ho premuto il pulsante e ho recitato: – Voglio dire che penso veramente che l'amore sia la cosa piú bella del mondo, dopo le pasticche per la tosse. Ma devo anche dire, per l'ennesima volta, che la vita non è giusta. È solo piú decente della morte, tutto qui!

Era questa l'ultima frase del libro.

La conduttrice mi ha battuto le mani, la Cinieri ha cacciato un grido di gioia e stupore: la vittoria era nostra e ce ne tornavamo a casa con cento libri pieni di... chissà quante altre belle citazioni da imparare!

Credete che nel viaggio di ritorno i maschi si siano accalcati attorno a me? Oh, sí, ho avuto le mie ovazioni e il mio momento di gloria, ma è finita lí, e tutti sono sciamati come sempre attorno a Valentina.

In fondo li capivo. Quanto appetibile doveva apparire una quattordicenne con il cerchietto in testa e una divisa da collegiale inglese del secolo scorso?

Già, non l'ho detto, ma se non volevo giocarmi il permesso di partecipare alla trasmissione e andare a Milano, avevo dovuto accontentare la mamma almeno in fatto di look.

– Se proprio devi apparire in tivú, ti presenti come dico io! – aveva decretato, ed era stata irremovibile. – Prova a cambiare vestito o a truccarti in modo indecente, e non avrai mai piú il permesso di fare una gita cosí, è chiaro? – aveva aggiunto truce, prevedendo una mossa che, lo ammetto, avevo osato contemplare per un nanosecondo. – Tanto in trasmissione ti vedrò!

Ecco perché, nonostante il mio contributo alla vittoria, non potevo aspirare a uno stuolo di fan.

20
La Prescelta per-fet-ta!

Io me lo sentivo che ci saremmo messe nei guai. A me l'idea di Barbara sembrava contorta e pazzesca, ma provate a fermarla, quella, quando si mette in testa qualcosa!

Ho detto la stessa cosa al capitolo otto? Già, sí, è vero.

Comunque, là l'idea era quella del profilo su Facebook, qui si trattava di un'altra cosa, di una nuova missione segreta UFPP, se possibile ancora piú densa di infausti presagi. A voi pare un'idea salutare e priva di conseguenze quella di sabotare la bicicletta della padrona di un supermercato? E perché poi?, vorrete sapere.

Be', andiamo con ordine. Anche questa volta è necessario che io faccia un passo indietro e inserisca nel mio racconto qualche info.

Ragazze, dovete assolutamente darmi una mano per una nuova missione segreta UFPP. So chi sarà la nuova fidanzata di papà, ci aveva comunicato Barbara, per sms, mentre eravamo di ritorno da Milano.

– Oddio, chi avrà individuato stavolta? – aveva sospirato Ale, molto scettica su queste operazioni di Barbara, perché ormai abituata al loro esito solitamente disastroso.

Appena siamo riuscite a trovarci tutte e quattro, ha comunicato anche a lei i suoi timori.

– Questa volta è quella giusta, me lo sento. Me lo sento perché mi prude l'ultimo tatuaggio che mi sono fatta sulla spalla destra, – l'ha rassicurata Barbara, convinta.

– Ma va' là! – ha sbuffato Valentina. – Ti prude perché te lo sei fatto da meno di una settimana. Ti ricordi che la farfalla che ti eri tatuata l'altr'anno sulla spalla sinistra ti ha fatto prurito e bruciore per piú di due settimane?

– Va bene, voi non credete mai ai messaggi dei miei tatuaggi. Allora me lo sento e basta! – ha insistito Barbara, caparbia e un po' offesa.

– Dài, dicci chi è la Prescelta, – le ho detto io, incoraggiante.

Povera Barbara, lei ha un cuore grande come una casa, e io apprezzo la bontà dell'idea: vedere felice suo padre. Mica tutte le figlie se ne preoccuperebbero.

Se poi non è mai andata bene, è perché forse è vero quello che dice Ale, cioè che Barbara non è portata come sensale di matrimoni.

Però, bisogna ammetterlo, ce la mette tutta.

– Hanno aperto nella mia zona un nuovo piccolo

supermercato a conduzione famigliare. Lo tengono due vecchie sorelle e...

– ... E tu vuoi appioppare a tuo padre una delle vegliarde, – ha concluso Ale, sempre piú caustica.

– Ma no, lasciami finire! C'è anche una tipa piú giovane, carina un tot, che è la figlia di una e la nipote dell'altra. È chiaro?

– Non sarà troppo giovane, come quell'estetista della penultima volta, che poi si è anche rivelata un'oca completa e l'unica donna al mondo che si sia aumentata l'età invece di abbassarsela? – ha chiesto Valentina.

Io sapevo di questa storia, precedente al mio ingresso nel gruppo, perché me l'avevano raccontata.

Barbara si era fatta truccare gratis da una di quelle estetiste che lavorano per un periodo presso qualche grossa profumeria e offrono il maquillage alle clienti per invogliarle a comprare.

Quella, una tipa che chiacchierava a raffica, nel tempo di una pennellata d'ombretto e di una passata di fard, si potrebbe dire, le ha spiattellato tutte le sue delusioni d'amore e le ha rivelato che sognava solo di incontrare un uomo un po' piú vecchio, tranquillo e posato, magari anche un vedovo, cosí sapeva cosa fosse una famiglia. Insomma, uno con intenzioni serie, e di farla finita con i bulli e i cafoni in cui era incappata fino a quel momento.

A Barbara avevano cominciato a prudere tutti i tatuaggi e persino i piercing al naso, alle orecchie e all'ombelico. Allora le aveva parlato di suo padre in modo assolutamente promozionale e si era offerta di fargliclo conoscere. Quando le aveva detto: – Mio padre ha quarantacinque anni, – l'estetista aveva cinguettato: – Oh be', ci sarebbe proprio la differenza d'età giusta: io ne ho trentotto.

– Ma va'! – si era stupita Barbara. – Sembri giovane una cifra, tu! Ti avrei dato venticinque anni.

Ecco l'unica cosa in cui Barbara se l'era sentita giusta e l'aveva decisamente imbroccata: Lola, cosí si chiamava per ironia del destino quella specie di Lolita, aveva esattamente venticinque anni.

E quando, con rocambolesche manovre, Barbara era riuscita a farla conoscere a suo padre, Lola si era dimostrata un'oca insuperabile, e chiunque l'avesse sposata avrebbe fatto il peggior affare della sua vita.

– Be', sono stata troppo frettolosa, – si era giustificata Barbara. – La prossima volta approfondirò meglio la conoscenza, prima di passare all'azione.

– Hai approfondito la conoscenza, stavolta? – ha chiesto Alessandra, memore di questo proposito.

– Certamente, le due piú anziane, madre e zia di Betta, sono due chiacchierone e non fanno che parlare di lei. Si chiama cosí, la Prescelta: Elisabetta detta Betta, – ha precisato Barbara, già sognante.

– L'avevamo capito! Va' avanti, – l'ha sollecitata Ale, molto brusca. Lei era la piú realistica di tutte noi, a volte addirittura cinica.

– Insomma, ho dato corda alla zia e alla madre

che mi hanno raccontato un sacco di cose di Betta. E anche lei con me è molto gentile. Le ho fatto sapere che sono orfana di madre e per questo faccio io la spesa e mi occupo di cucinare. Lei si è intenerita un tot!

– Hai giocato tutte le tue carte, vedo! – ha commentato Alessandra. – Anche le piú ruffiane.

– Insomma, che tipo è? – le ho domandato.

– Per-fet-ta! – ha sillabato Barbara, mentre Ale e Valentina mandavano gli occhi al cielo sospirando. – E poi assomiglia un po' a quell'attrice che piace tanto a papà. Quindi è il suo tipo.

– E chi sarebbe l'attrice? – ho chiesto io, che ho la fissa del cinema.

– Boh, una francese, non mi ricordo mai il nome... Ha fatto un film dove c'era della cioccolata, cioè lei aveva un negozio di cioccolata e c'era Johnny Depp, quello sí che me lo ricordo, perché è fighissimo un tot e una cifra!

– Okay, è Juliette Binoche in *Chocolat*, – ho detto.

– Ecco, quella! La donna ideale di papà. E adesso gli ho trovato una quasi sosia: Betta! – ha esclamato entusiasta Barbara. – Di lei ho saputo che ha avuto una terribile delusione d'amore, quando era piú giovane, e sembra aver chiuso con gli uomini. Cosí madre e zia temono rimanga zitella, poverina, con tutte le qualità di dolcezza, bellezza e buon carattere che ha.

– Scusa, ma cosa ti fa pensare che invece a tuo

padre darebbe un'occasione? – ho chiesto, cercando di mettere molto tatto e affetto nel mio tono di voce.

– Ecco, brava! – mi ha battuto le mani Alessandra.

– Come vedi anche Katy, l'ultima arrivata, ha già capito come stanno le cose, – ha aggiunto Valentina.

– E vede gli enormi difetti e rischi dei tuoi piani, – ha concluso Ale.

– Ma no, veramente, io chiedevo solo... – sono intervenuta, per calmare le acque e non contribuire anch'io alla demolizione di Barbara e della sua missione segreta.

– Okay, vuoi sapere perché dovrebbe dare una possibilità a mio padre? Perché lui è af-fi-da-bi-le! È un tot affidabile, è buono una cifra, l'uomo giusto per ledere le delusioni d'amore passate di una donna sensibile, ecco perché! – ha urlato Barbara. E a parte la confusione tra i verbi «ledere» e «lenire», il discorso era chiaro e appassionato.

– Ammirevole, – ha ammesso Ale. – Mai visto un simile amore filiale!

– Anche io a-do-ro mio padre! – ha cinguettato Valentina, sbattendo i suoi meravigliosi occhioni color verdazzurro.

– Ma il tuo non si chiama «amore filiale», si chiama «complesso edipico», e anche grosso una cifra, come direbbe Barbara, – ha decretato Alessandra.

Il verdazzurro degli occhi di Valentina si è incupito un tot. Prevedevo una lite burrascosa e ho ini-

ziato a dire: – Be', ragazze, vi prego, concentriamoci sulla missione segreta di Barbara e...

Ma non ho potuto finire la frase perché Alessandra, inaspettatamente, è scoppiata a piangere e, tra i singhiozzi e le rabbiose sfregate agli occhi per asciugare le lacrime, ha balbettato: – Solo io ho per padre un mostro! Uno stronzo che non sarebbe riuscito ad amarlo neanche madre Teresa di Calcutta!

– Veramente lo amano un sacco di donne, – ha commentato Valentina, con pochissimo tatto.

– E me lo ricordi anche? Ma quello non è affetto vero. Sono passioni, infatuazioni... un'altra cosa. E poi, o sono delle masochiste che restano lí a farsi tradire e pestare sotto i piedi, oppure, quando capiscono chi è veramente mio padre, le sue donne tagliano la corda il piú in fretta possibile e si mettono al riparo, fuori tiro.

E mentre Valentina borbottava: – Sembra che descrivi un cecchino! –, io e Barbara abbiamo abbracciato Alessandra con «Su, su...», «Non fare cosí», incoraggiamenti e pacche sulle spalle.

Poi Barbara, per distrarla, ci ha esposto il suo piano. E non solo Alessandra si è distratta, e non ha piú pensato al padre, ma è tornata ai piú alti livelli di cinismo e sfottimento.

Ma non posso darle torto. Il piano di Barbara, questa volta, era davvero contorto e irto di pericoli come il letto di un fachiro è irto di chiodi.

– Sentite un po' che coincidenza incredibile: Betta ha il supermarket vicino a casa mia, ma ho scoperto che vive proprio a qualche portone di distanza dal negozio di ferramenta di mio padre. Non è un fausto... coso, come si dice?

– Fausto presagio, – le ho suggerito.

– Mia madre chiamerebbe questo fatto «sincronicità degli eventi» e ne sarebbe estasiata! – ha detto Alessandra, assumendo la posizione del Buddha in meditazione, con la mano sollevata a disegnare un *mudra* perfetto.

– Che roba è? – ha chiesto Barbara.

– Sono delle coincidenze significative che però accadono senza un nesso di causa-effetto, senza una logica, – ha spiegato Ale.

– Eh, come parli difficile! – ha commentato Barbara.

– È che mia madre mi ha fatto una testa cosí su questi eventi quasi magici, e per lei indicano che c'è un'intelligenza superiore all'opera e un'altra dimensione oltre lo spazio-tempo.

– Be', non c'è mica da farla tanto difficile, io le chiamo «che culo!» queste coincidenze, – ha riso Barbara. – E questa volta ho avuto davvero culo, perché tutto il mio piano si basa su questo fatto che Betta sta a due passi dal negozio di ferramenta di papà e parte da lí in bicicletta tutte le mattine per andare al lavoro. Noi le smonteremo la bicicletta.

– Noi cosa? – ho bofonchiato, affogandomi con un sorso della coca-cola che stavamo bevendo.

– E perché? – ha domandato Valentina, mentre Alessandra, contemporaneamente, chiedeva con tono pratico: – Scopo di questa azione da teppista?

– Che io, come per caso, cioè, che culo per Betta!, passerò di lí quando lei scoprirà il misfatto e...

– ... E ti è rimasto un briciolo di senso morale, se hai capito anche tu che è un misfatto! – ha esclamato Alessandra.

– Ma un misfatto a fin di bene non è un misfatto! – ha decretato Barbara.

– Chi l'ha detto, Confucio? – ho chiesto ridendo, perché sembrava che avesse espresso una massima celebre.

– Chi è confuso? – ha chiesto Barbara.

– Lascia perdere e vai avanti. Arrivi tu come per caso e... – l'ho incoraggiata a continuare.

– E mi offro di accompagnare Betta al negozio di ferramenta di mio padre dove può trovare tutti gli attrezzi utili per rimontare catena, ruote... insomma, quello che avremo smontato.

– Avrai smontato, – ha puntualizzato Ale.

– Ma dài, io non ho mai fatto niente di simile, ma mi attizza, – è intervenuta Valentina, che si lascia stuzzicare da tutto quello che è, o appare alla nostra età, trasgressivo: fumo, bevande alcoliche, discoteche... e adesso anche un sabotaggio da teppista.

– Fatelo voi, allora, – ho detto io, perché va be' modernizzarsi, ma qualche sano principio mi era rimasto, e non ho mai amato mettermi nei guai.

– UNA MOSCA PER QUATTRO MOSCHE, QUATTRO MOSCHE PER UNA! Ricordate il nostro giuramento? – ha chiesto Barbara.

Io e Ale ci siamo guardate: era chiaro che eravamo molto pentite di averlo fatto, quel benedetto giuramento.

– Sapete, proprio in *Chocolat*, ricordo un dialogo che fa giusto al caso nostro, – ho sospirato. – Roux, che è interpretato da Johnny Depp, avverte Vianne, che è la Binoche, che se diventerà amica sua e degli altri zingari come lui si inimicherà gli altri. «È una promessa?» chiede lei. «È garantito» risponde lui. Ecco, è garantito che ci faremo un sacco di nemici per onorare il nostro giuramento d'amicizia!

– Ma come cavolo fai a ricordare cosí i film? – si è stupita Alessandra, facendo un fischio d'ammirazione.

– Boh, è un talento, come il pollice verde.

Barbara non ci ha neanche considerate e ha continuato il suo sogno a occhi aperti: – Mio padre non solo le darà gli attrezzi necessari, ma senz'altro si offrirà di riparare lui la bicicletta, perché è un gentiluomo che non lascia una donna nei guai e... *voilà*, il gioco è fatto! – ha concluso.

E Alessandra, canticchiandola, ha mimato la marcia nuziale, il lancio del riso, lo scambio degli anelli, ecc. Sono davvero incredibili le sue capacità mimiche d'attrice: riesce con la postura, i gesti e gli sguardi a farti vivere un'intera situazione e a farti vedere piú persone contemporaneamente che interagiscono tra loro.

– Ma come cavolo fai a mimare cosí una scena? – mi sono stupita, ricambiando il fischio d'ammirazione.

– Boh, è un talento, come il pollice verde, – mi ha rifatto il verso lei.

Non c'è neanche bisogno di dirlo: a Vale è venuta la ridarella contagiosa e noi le siamo andate dietro.

21
Il sabotaggio

Non potevo crederci. L'avevamo fatto e io, proprio io, Caterina Marra, avevo preso parte all'azione e contribuito a quello sfacelo: una ruota qua e una là, il manubrio da una parte e la catena dall'altra, quello che restava della bicicletta di Betta era una specie di puzzle, difficile da ricostruire.

Barbara ha messo via, in una sacca, gli attrezzi che ci erano serviti per l'operazione vandalica, mentre Valentina, tutta soddisfatta per quell'azione trasgressiva e pericolosa, diceva: – Neanche Attila avrebbe saputo fare di meglio!

– Attilio? E cosa c'entra quel cerebroleso del nostro compagno di terza media? – ha chiesto Barbara.

– Attila, non Attilio, – ha spiegato Valentina. – Te lo ricordi Attila, il re degli Unni, quello che dove passava non cresceva piú l'erba?

– Diserbante Attila! – ha gridato Barbara, come una che scandisce uno slogan. – Ehi, che idea figa mi è venuta! Quando avrò un vivaio, o sarò una giardiniera professionista, e insomma mi occuperò del verde, voglio inventare un mio diserbante e chiamarlo Attila. Ne venderò una cifra, non credete? Diserbante Attila!

– Sí, se non sarai finita in prigione prima! – ha detto acida Alessandra. – Vediamo di allontanarci in fretta dal luogo del delitto... si fa per dire.

– Ecco, brava, piano con le parole, che io non ho fatto fuori nessuno! – ha borbottato Barbara mentre, dando ascolto alla raccomandazione di Ale, ci allontanavamo a passo sostenuto.

– La bici non è dello stesso parere, – ho detto io, girandomi indietro per dare un'ultima sbirciata prima di svoltare l'angolo. È stato cosí che ho visto una donna accovacciarsi sul marciapiede e cacciare un grido, mentre si guardava intorno e toccava, incredula, i pezzi sparsi della bicicletta... la sua bicicletta, chiaramente.

– Credo che quella sia Betta, – ho avvisato le altre.

– Impossibile, sarebbe in grande anticipo stamattina e... oh, capperi, è lei! – Barbara l'ha riconosciuta e tutta la sua spavalderia e la fiducia che aveva in quel piano sono scomparse di colpo. La mia amica è andata letteralmente nel pallone e ha cominciato a balbettare: – E adesso cosa faccio? Oddio, non mi sento pronta. Vi prego, venite con me!

– Non se ne parla nemmeno! – ha detto Alessandra. – Abbiamo già fatto anche troppo e corso un bel rischio, a fidarci degli orari che ci avevi detto. Noi adesso andiamo a scuola, come d'accordo, e tu capiti lí, come per caso, e fai la paladina che corre in suo aiuto.

– Vi giuro, non era mai partita da casa per andare al lavoro cosí presto! Non me l'aspettavo e, non so perché, ma adesso me la faccio sotto. Mi ha colto di sorpresa. Vi prego, aiutatemi!

Barbara era talmente agitata che mi ha fatto pena. Cosí, spontaneamente, senza pensarci troppo sopra, le ho detto: – Dài, andiamo, vengo io con te!

– Tu sí che sei una vera amica! – ha esclamato lei, abbracciandomi e baciandomi.

– Ti perdi la scuola? – mi ha chiesto Valentina, incredula.

Barbara, quel giorno, per mettere in atto la sua missione segreta UFPP, era disposta a bigiare la scuola. Ma noi, dopo l'aiuto nel sabotaggio, indispensabile per rendere l'azione contemporanea di tre persone la piú rapida possibile, mentre la quarta faceva da palo, per avvisare se arrivava qualcuno e non rischiare di essere beccate in flagrante, dovevamo poi raggiungere il nostro liceo come ogni mattina.

– Abbiamo mate, alla prima ora? – ho chiesto.

– Già.

– Be', dite al prof Corvo che mi sono sentita male, mentre andavamo a scuola, che avevo il vomito e mi sono fermata in un bar a prendere un tè e a cercare di rimettermi in sesto. Insomma, arriverò in ritardo.

Ale e Vale mi hanno guardata con un misto di in-

credulità e ammirazione. Sí, non era da me inventar balle alla velocità della luce e saltare ore di lezione, ma non c'era tempo da perdere e mi sono tirata dietro la terrorizzata Barbara, tornando sui nostri passi per raggiungere Betta.

– Oh, signorina Betta, ma è lei? Che cosa le è successo, oddio!, un incidente? – ho sussurrato, come suggerimento, all'orecchio di Barbara.

– Oh, signorina Betta, ma è lei? Che cosa le è successo, oddio!, un incidente? – ha ripetuto Barbara, come un pappagallo, ma con un'ansia e una drammaticità notevoli, che per fortuna risultavano naturali e convincenti in quella circostanza.

Betta ha alzato lo sguardo dai pezzi sparsi di quella che era stata una bicicletta per puntarli su di noi. Ci ha messo un attimo a capire di chi si trattava e a riconoscere in Barbara una delle clienti del suo piccolo supermercato.

– Ah, sei tu, Barbara... – si è riscossa Betta che sí, dovevo riconoscerlo, era veramente graziosa e aveva una certa rassomiglianza con la Binoche. – No, nessun incidente, per fortuna, ma qualche delinquente ha avuto la brillante idea di smontarmi la bicicletta! E proprio stamattina che ho una fretta particolare, perché dovevo passare dalla banca prima di aprire il negozio.

Barbara, alla parola *delinquente* è impallidita e ha balbettato: – Poveretta, – ma anche questa reazione è stata credibile e appropriata.

Finalmente la mia amica ha recuperato il suo sangue freddo e ha recitato la parte che si era preparata. – Forse posso aiutarla, signorina Betta, – ha detto. – Venga con me. Per fortuna, a due passi da qui, mio padre ha un negozio di ferramenta. Lui ha senz'altro gli attrezzi giusti per rimettere insieme la sua bicicletta. E poi mio padre è un vero mago con le mani, sa fare di tutto, vedrà che se ha tempo gliela rimonta lui e tornerà come nuova, – ha concluso, col solito tono promozionale che usa sempre quando parla di Corrado Camellini alla Prescelta di turno.

– Dici davvero? – ha sospirato Betta con un certo sollievo. – Per fortuna allora che passavi di qui!

«Non sa che fortuna!» è il pensiero che mi si è

formulato nella testa, col tono e la voce ironica di Alessandra.

– Venga, l'accompagno.

– Se non avete bisogno di me, io andrei a scuola, – mi sono inserita timidamente.

Allora Barbara mi ha presentata a Betta come una sua cara amica e mi ha detto: – Sí, sí, vai pure Katy, ci penso io! – E senza che Betta la vedesse, mi ha strizzato un occhio, segno che aveva ripreso in mano la situazione.

– Oh, cara, anche tu dovrai andare a scuola, non ci avevo pensato! Ti faccio perdere un sacco di tempo.

– Ma no, ci vuole un attimo per arrivare al negozio di papà. Quando l'avrò affidata a lui, sarò tranquilla e potrò andare a scuola. Non arriverò in ritardo, non deve preoccuparsi.

Ecco, aveva anche la scusa buona per affidare Betta alle cure di suo padre: lei doveva andare a scuola di corsa. Già me la immaginavo, avrebbe usato quella scusa, anche vera, per lasciarli subito soli. Il piano stavolta sembrava funzionare e le ho salutate per correre a scuola: non era consigliabile irritare il prof Corvo con un ritardo e un malessere inventato, e io non ero affatto brava a mentire. In fondo, stavo per cosí dire muovendo i primi passi nel campo della truffa.

22
Taggate!

Ancora una volta le cose non sono andate come ci aspettavamo. Intanto, del tutto involontariamente, ci siamo macchiate di un reato ancora peggiore: il furto. Infatti, quando secondo il piano ordito da Barbara, Betta e Corrado Camellini, munito di tutti gli attrezzi del caso, sono tornati sul luogo del sabotaggio, i pezzi smontati della bici non c'erano piú.

A qualcuno non troppo onesto, che passava in auto, deve essere sembrato molto comodo caricare nel portabagagli quel puzzle di bicicletta di marca, per poi rimontarsela con tutta calma a casa propria. Adesso, per colpa nostra, Betta non aveva piú una bicicletta e io, per il rimorso, non ci ho nemmeno dormito la notte.

Mi rendo conto ora che, prima di raccontarvi gli sviluppi e la conclusione di questa missione segreta UFPP, devo per forza presentarvi un personaggio che avrebbe potuto essere secondario, ma che ha assunto invece un ruolo determinante nella faccenda: Augusto Rampaldi, insegnante di pallavolo alla Forza e

Coraggio che, per una strana coincidenza, da circa un mese aveva sostituito Benedetta Quintavalle, insegnante di ginnastica del mio liceo, che si era rotta un po' di tutto in un brutto incidente sugli sci.

Augusto Rampaldi, quindi, oltre a essere l'insegnante mio e di Barbara in palestra, adesso era diventato anche supplente di ginnastica della quarta C e di molte altre classi del liceo che frequentavo.

– Avevate ragione, – aveva dovuto riconoscere Valentina, a cui io e Barbara avevamo parlato piú volte del nostro insegnante. – Decisamente belloccio, molto giovanile... o davvero giovane.

– Ma anche un pallone gonfiato e un cascamorto! – le ho ricordato, perché Valentina sembrava aver già dimenticato una parte piuttosto importante del ritratto che le avevamo fatto di Augusto Rampaldi.

Ma Vale era cosí, lei si lasciava colpire dall'esteriorità e lo diceva anche, che la qualità piú importante in un ragazzo o in un uomo per lei era la bellezza.

– Ho saputo che sta già dietro alla Biscardi di terza F, – ci ha rivelato Alessandra.

– Secondo me gli piaccio, – ha detto imbronciata Valentina.

– Oh sí, come gli piacciono la Lolli, la Stefi, la Valeria... e chissà quante altre, – ha sbuffato Alessandra. – Ma non è scemo del tutto! Per quanto gli piacciano le ragazzine, il prof non credo che vada a giocarsi la carriera correndo dietro alle minorenni. La Biscardi, non solo è la miss delle terze liceo, ma è anche già maggiorenne. Per fortuna Vale, tu non hai speranze! Placa gli ormoni!

– Io almeno gli ormoni ce li ho! – ha reagito Valentina. – Tu, invece, o sei asessuata o devi farti vedere da uno psicologo, perché tuo padre deve averti traumatizzato un tot: i maschi neanche li guardi, cavolo!

Ne è nato uno dei soliti battibecchi tra Ale e Valentina, dopo i quali non si parlano per un po'. Una delle classiche liti che portano entrambe, per qualche giorno, a disputarsi la sottoscritta come amica unica e prediletta. E io dovevo sorbirmi gli sfoghi dell'una alle spalle dell'altra, dimostrarmi amica di entrambe senza urtare la suscettibilità di nessuna delle due, e trasformarmi in un paciere. Mi sembrava di essere Nestore che cerca di riconciliare Achille e Agamennone, come nel canto IX dell'*Iliade* che ci aveva appena letto la prof Cinieri.

Ma torniamo ad Augusto Rampaldi, il *deus ex machina* di tutta la vicenda che devo raccontare.

Il nostro prof di ginnastica, giovane, bello, sportivo e decisamente Don Giovanni, non si è giocato la carriera facendosi sorprendere con una minorenne, ma è comunque finito taggato su Facebook da Zanzara 96, l'entità piú misteriosa e pettegola della rete che, come mi aveva spiegato Barbara, «paparazzava» tutti quelli che frequentavano un certo giro, e specialmente gli allievi del nostro liceo, senza risparmiare i professori. E un professore come il

Rampaldi non poteva non finire nella rete del paparazzo della rete, se mi permettete il gioco di parole.

Quel tipo, quando non tirava un pallone o non faceva evoluzioni alle parallele o alla spalliera svedese, doveva essere incollato al computer, perennemente su Facebook, su Twitter e su tutti i social network del pianeta. Sapevo che Valentina gli aveva chiesto l'amicizia su Facebook e lui gliel'aveva data, ma questo era un segreto che non dovevo dire ad Alessandra. Sapevo che aveva chiesto l'amicizia ad Alessandra, che non lo aveva considerato, ma questo era un segreto che non dovevo dire a Valentina. A me, già alla Forza e Coraggio, prima ancora di diventare anche il mio supplente di ginnastica a scuola, aveva detto: – Ma tu, Marra, non ci sei su Facebook?

E avevo dovuto confessare a lui, come l'ho confessato anche a voi, che no, su Facebook non c'ero e non avevo affatto intenzione di entrarci.

Comunque lui, il prof Rampaldi, su Facebook, si è ritrovato taggato da Zanzara 96 mentre, visibilmente alticcio, e con due stupide orecchie da coniglio in testa, abbraccia la Biscardi di terza F, anni diciotto, vestita da Minnie a una festa in maschera.

Ma la cosa peggiore è che, non molto tempo dopo, su Facebook, taggata da Zanzara 96, mi ci sono ritrovata anch'io, in una foto nitidissima che mi mostra intenta a smontare una bicicletta, insieme a delle altrettanto riconoscibili Barbara, Alessandra e Valentina.

E non siamo state immortalate solo in fotografia, ma anche in un video che riprende l'intera azione e che sembra la pubblicità di *Come smontare una bici a tempo di record*. In realtà, la terribile Zanzara l'ha propagandato in un altro modo: *Il liceo classico offre una formazione superiore! Guardate di cosa sono capaci quattro alunne modello che frequentano soltanto il primo anno di studi!*, c'era scritto sotto quel terribile filmato che ci smascherava. E oltre ai nostri nomi, si faceva anche quello di Elisabetta Bolvi, che per fortuna non era stata taggata perché evidentemente su Facebook non c'era. Ma Zanzara 96, chissà come, non solo ne conosceva nome e cognome, ma scriveva anche che la povera vittima del nostro atto vandalico era la proprietaria del supermercato Tal dei Tali in via Tal dei Tali.

Neanche la Digos avrebbe potuto fare un'indagine piú accurata!

La prima a vedere le foto e il video su Facebook è stata Barbara che, con sms che sembravano annunciare la terza guerra mondiale, ci ha convocate con urgenza in riunione plenaria d'emergenza.

Alla riunione, noi Quattro Mosche sembravamo davvero quattro poveri insetti ronzanti presi in una ragnatela, destinati a finire come colazione tra le grinfie del ragno.

Io, non mi vergogno a dirlo, mi sono messa a piangere. – Non ho mai fatto niente di male in vita mia, e adesso tutti mi giudicheranno una teppista!

A mia madre verrà un infarto e mio padre mi manderà tra le suore di clausura come al tempo dei *Promessi Sposi*! – Ero disperata.

– Calma, – ha detto Alessandra, l'unica ad aver mantenuto il sangue freddo. – Nessuno dei nostri genitori è su Facebook... – Poi si è bloccata di colpo e ha aggiunto: – Cioè, a dire la verità, mia madre sí, ma c'ha tutto un suo giro di gente *new age* e partecipa a forum di yoga, alimentazione biologica, spiritualità e roba simile.

– Se sei nella sua lista di amici, siamo fritte! – ha urlato Barbara.

– Fossi matta, fine della privacy! Io mica gliel'ho data l'amicizia a mia madre, – ci ha assicurato Ale.

Barbara ha tirato un sospiro di sollievo e Alessandra ha proseguito: – Dunque, nessuno dei nostri genitori ci vedrà, se qualcuno non va a spifferarglielo. Ma dubito che ci siano persone che frequentano i nostri genitori tra i paparazzati di Zanzara 96! E spero che voi vi siate affrettate a cancellare il tag dal vostro profilo.

– Ma certo! – hanno assicurato Valentina e Barbara.

Io ero al di sopra di ogni sospetto, non bazzicando Facebook.

Siamo state sulle spine per una settimana circa. Siamo addirittura state ricattate da quel deficiente di Sulmona Pietro, un compagno di classe che, durante un compito in classe di latino, mi ha sibilato: – Passami la traduzione, se non vuoi che spifferi alla preside che tu e le tue amichette siete delle teppiste che distruggono biciclette!

Tutte cose molto spiacevoli, ma cominciavamo a sperare che la cosa non sarebbe arrivata alle orecchie dei nostri genitori e che, presto, anche i compagni frequentatori di Facebook ci avrebbero dimenticate, assorbiti da qualche nuovo appetitoso scandalo, perché Zanzara 96 colpiva ancora, colpiva sempre e colpiva tutti.

Ma un giorno, alla fine della lezione di ginnastica, il prof Augusto Rampaldi ha detto, indicando Alessandra, Valentina e la sottoscritta: – Tu, tu e tu, Marra, rimanete qui per favore. Gli altri vadano a cambiarsi!

– Furbo prof, si tiene le piú carine! – ha avuto il coraggio di dirgli Ferdinando, e io sono pure arrossita, perché mica lo sapevo di essere considerata tra le piú carine della classe, e mi faceva piacere anche se a dirlo era uno che consideravo deficiente. E ciò non mi fa molto onore, lo so, ma come onesta cronista devo riferire anche questo.

Appena siamo rimaste sole col prof, lui ci ha

squadrate con un'espressione molto severa, che non gli era affatto abituale: – Se pensate che io non sia un professore e non faccia il mio dovere di professore, solo perché sono giovane e mi piace anche divertirmi, vi siete proprio sbagliate, ragazze!

Siamo rimaste zitte, aspettando di capire dove voleva andare a parare. – L'avete combinata troppo grossa per passarla liscia, e mi domando ancora perché abbiate fatto una cosa simile. Specialmente tu, Marra, che mi sembri una ragazzina cosí timida e per bene. E voglio parlare anche con quell'altra disgraziata... e qualcosa mi dice che ci sia il suo zampino e che l'idea sia sua. Lei sí, che ha l'aria di una scalmanata! Mi riferisco a Barbara Camellini e immagino sappiate benissimo di cosa sto parlando.

Ormai non c'erano dubbi, era chiaro di cosa stesse parlando, ma noi siamo rimaste ancora zitte. Allora lui ci ha messo sotto il naso il suo sofisticato iPhone e abbiamo visto scorrere le immagini della nostra famigerata impresa, quelle girate da Zanzara 96.

Come avevamo fatto a non pensare che il prof Rampaldi, sempre online e frequentatore di liceali, non le avrebbe viste?

Ale veramente ci aveva pensato, ma si era dichiarata certa che, dati i suoi precedenti con orecchie da coniglio, se ne sarebbe stato zitto. Si era sbagliata, in quel petto da Don Giovanni batteva un cuore da severo professore, a quanto pareva.

– Prof, la prego, possiamo spiegarle tutto! – ha supplicato Valentina, con tono contrito e implorante, sbattendo i suoi occhioni in modo seducente.

– Spero che non abbia ancora detto niente a nessuno, che non abbia parlato con la preside o con i nostri genitori, – è intervenuta Ale, in modo ben piú pratico.

Io ho continuato a tacere con gli occhi bassi.

– A qualcuno l'ho detto, sí. A quella poveretta di Elisabetta Bolvi, la vittima! – Con queste parole il prof ci ha tolto ogni speranza di potercela ancora cavare. Un gemito della sottoscritta, un gridolino di Valentina, e un «Porca vacca!» di Alessandra sono stati la reazione e la risposta a questa terribile rivelazione. – E oggi pomeriggio, dopo aver recuperato quell'altra vostra bell'amica, verrete tutte e quattro con me a incontrarla, – ha concluso Augusto Rampaldi.

– A incontrare chi? – ha avuto ancora il coraggio di chiedere Valentina, scuotendo in modo provocante la sua chioma color miele.

Il prof le ha detto, a voce alta, le stesse identiche parole che Ale le ha sibilato all'orecchio: – Non fare l'idiota, Valenti!

23
Confessione e buoni propositi

Il prof ci aveva persino fatto avere una finta convocazione scolastica pomeridiana, per un allenamento del tutto inventato, in modo che i genitori non ci facessero storie per quell'uscita alle cinque del pomeriggio. L'appuntamento era al supermercato di Elisabetta Bolvi.

A me era venuto un terribile attacco di gastrite per la paura e avevo fregato delle pastiglie di Maalox dal mobiletto farmacia del bagno di mio padre, che ne faceva uso.

– Di' che stai male e non venire, – mi aveva suggerito Ale, magnanima, mentre Barbara, terrorizzata, non faceva che ripetere: – Pochi scherzi, eh? UNA MOSCA PER QUATTRO MOSCHE, QUATTRO...

– ... Quattro deficienti pronte per la ghigliottina! – aveva concluso Vale, in modo melodrammatico.

Comunque, rimandare quella resa dei conti era soltanto inutile e controproducente. Anche strisciando come un verme per il mal di stomaco, ci sarei andata.

Arrivate al supermercato, il Rampaldi ha scambiato qualche parola e molti sorrisi con Betta, che poi ci ha fatto segno di accomodarci in un ufficietto che ha nel retrobottega.

– Quei due hanno l'aria di essere già amici da prima! – ci ha sussurrato Vale.

– Tanto, peggio di cosí... – ha sospirato Barbara.

Ci siamo seduti tutti, stringendoci un po' perché lo spazio era piccolo, ma noi piú strette stavamo meglio ci sentivamo e ci eravamo accomodate, anzi pigiate, tutte e quattro in un divanetto due posti, mentre il prof e Betta, su due sedie dietro una scrivania, avevano la postazione giusta da sbirri o da giudici inquisitori.

Mi sembrava di nuovo di essere in un film, un poliziesco drammatico, ma questa volta ne avrei fatto volentieri a meno.

– Allora, ragazze, cosa avete da dire?

Chissà perché, in quel momento mi è venuto in mente Robert De Niro, nella famosa scena di *Taxi Driver*, quando davanti allo specchio fa pratica con la pistola e dice: «Ehi, ma con chi stai parlando? Ma dici a me? Ma dici a me?»

Purtroppo il prof Rampaldi diceva a noi, ma Betta è intervenuta e, puntando un dito contro Barbara, ha detto: – Credo sia lei a dovermi dare delle spiegazioni. Le altre tre io non le conosco.

Barbara la dura, Barbara la tatuata masticatrice di cicche, la ragazza che non aveva paura di farsi forare lingua, naso e lobi delle orecchie per riempirsi di piercing, inaspettatamente è scoppiata a piangere.

Allora è intervenuta sua cugina: – Sí, l'idea è stata sua, ma noi le abbiamo dato una mano.

– Solo perché abbiamo fatto uno stupido giuramento di fedeltà reciproca! – si è intromessa Valentina, ma tutte e tre l'abbiamo guardata malissimo, indignate per la sua mancanza di solidarietà nel momento del pericolo. Anche se spaventata, non poteva comportarsi cosí da vigliacca, e persino Betta e il prof le hanno lanciato un'occhiataccia critica. Allora lei si è tirata i folti capelli davanti alla faccia, come se avesse voluto nascondersi dietro una tenda, e non ha piú parlato.

– Spiego io, al posto di Barbara. Lei è mia cugina e conosco bene le sue motivazioni, che non sono affatto cattive, anche se l'esito è stato pessimo e l'idea piuttosto strampalata, – cosí ha esordito Alessandra e poi, con la sua brillante capacità oratoria, ha raccontato tutta la storia delle missioni segrete UFPP e di quest'ultima in particolare.

– Non potevamo immaginare che uno sconosciuto avrebbe rubato i pezzi della bici appena ci siamo allontanate, – ho aggiunto io, alla fine.

– Dunque non avete rubato la sua bici? – ha domandato il prof, con un enorme sospiro di sollievo, rendendosi conto che almeno col furto non c'entravamo nulla.

A questo, di essere sospettate anche del furto, devo dire che non avevamo pensato affatto. Ma non c'è dubbio che la cosa, vista da fuori, non poteva che portare a questa ipotesi: mentre una delle quattro, Barbara, allontanava la malcapitata Betta dal luogo dello smontaggio-bici, fingendo di volerla aiutare, le altre tre teppiste tornavano a prendersi e portarsi via i pezzi della bicicletta che prima, tutte insieme, avevano fatto a pezzi. Non faceva una piega! Sembrava, in effetti, una versione dei fatti molto piú logica del nostro squinternato racconto a sfondo rosa. Ma a noi non era mai passato neanche per l'anticamera del cervello che la nostra impresa potesse apparire, a uno sguardo esterno, come un furto ben congegnato.

– Quindi non era un furto? – ha per l'appunto chiesto Betta, ancora sospettosa, mentre noi ci rendevamo conto della situazione.

– Ma neanche per sogno! – abbiamo esclamato insieme io e Alessandra, mentre Barbara, ignorando come al solito il congiuntivo, continuava a piagnucolare balbettando: – Volevo solo che lei si fidanzava col mio papà!

A questo punto, Betta si è sciolta in un misto di pena e comprensione, come era già successo, piú o meno, alla precedente Prescelta: Alessia Giovine.

Alla fine, ha concluso che si prendeva qualche giorno di tempo per decidere se era il caso o meno di far sapere la cosa ai nostri genitori. – La pre... – ha iniziato Valentina, ed era chiaro che voleva implorarla di non farlo, ma noi l'abbiamo fulminata con lo sguardo, cosí si è interrotta e si è richiusa nel silenzio. Quel silenzio che, a me pareva chiaro, era l'unico comportamento decoroso da tenere.

Poi Betta ha rivolto un incantevole sorriso ad Augusto Rampaldi, che a me non sembrava affatto indifferente alle grazie di quella specie di sosia della Binoche, dicendo: – Ti prego, Augusto, aspetta a convocare a scuola i genitori delle sue tre amiche. E aspetta un attimo anche per il padre di Barbara, d'accordo?

– Tu sei troppo buona, – ha sospirato il prof, in un misto di critica e ammirazione. – L'hai capito che, per colpa loro, comunque non rivedrai piú la tua bicicletta? Devono pur pagare in qualche modo il danno! – ha poi insistito.

– Faremo una colletta tra noi e ricompreremo una bici uguale, – ho proposto, e le mie amiche si sono affrettate a fare sí con la testa e ad approvare la mia idea.

– Era una city bike da trecentosettanta euro, – è intervenuto Rampaldi, mentre a noi veniva un colpo secco. Dove avremmo trovato tutti quei soldi?

– Se ci date un po' di tempo, ce la faremo! – ho affermato con una fiducia che non avevo.

– Non eravamo delle ladre prima, ma lo diventeremo adesso! – mi ha sibilato sottovoce Valentina, ma io le ho dato una gomitata per farla tacere, sussurrandole a mia volta: – Troveremo il modo, ne parliamo poi.

Finalmente ci hanno congedate, d'accordo per

ora di sospendere qualunque azione nei nostri confronti.

– Porca vacca, trecentosettanta euro! – ha ululato Valentina, che tra l'altro ha piú soldi di tutte noi messe insieme, appena siamo state in strada.

– Ringrazia per come è andata, – le ho detto. – Poteva finire ben peggio! – Per me era un sollievo incredibile sapere che la cosa, almeno per ora, e speravo per sempre, non sarebbe arrivata alle orecchie dei miei genitori.

– Ah, devo anche ringraziare? – Vale era veramente incavolata e ha continuato: – Sono piú di novanta euro a testa, ma io mi rifiuto. I soldi li sto risparmiando per il biglietto del concerto in Italia degli One Direction! Questo casino è colpa di Barbara e la maggior parte della grana la deve rimediare lei!

– Anche io, i soldi che ho, li voglio spendere per il biglietto del concerto, – ha borbottato Barbara, altra fan degli One Direction, mentre Ale urlava a Valentina: – E chi era la piú solleticata, stuzzicata ed eccitata all'idea di quest'impresa? Tu, se non ricordo male! Mentre io, ho scongiurato in tutti i modi mia cugina di non trascinarci con lei in un guaio!

E come al solito quelle due si sono messe a litigare, mentre Barbara sparava bolle di chewing gum a raffica continua, intercalandole a queste esclamazioni: – Ah, belle amiche che siete! Belle amiche davvero!

– Su, smettetela, non serve a niente litigare! – Io, come da copione, cercavo di calmare le acque.

24
Un finale imprevedibile

Dopo una decina di giorni tranquilli, durante i quali non abbiamo piú saputo niente, tutto è precipitato verso un finale davvero imprevedibile.

Mentre eravamo a scuola, io, Valentina e Alessandra, abbiamo ricevuto tutte e tre contemporaneamente un identico sms da Barbara: *Devo vedervi al piú presto o esplodo! Venite al solito McDonald's subito dopo scuola: è un ordine, non una richiesta!*

Ci siamo guardate, preoccupate, e durante la ricreazione abbiamo esternato le nostre ansie.

– Oddio, ci scommetto che mia cugina ha individuato un'altra Prescelta! – ha esordito Alessandra.

– Io invece temo che quella simil-Binoche abbia spiattellato tutto a suo padre, – ha detto Valentina, accendendosi una sigaretta con gesti nervosi.

– Riuscite a venire al McDonald's? – ho chiesto. – Io sí perché ho la fortuna che oggi mamma fa orario continuato tutto il giorno: le hanno chiesto degli straordinari allo studio dove lavora.

– Ci veniamo, certo, – hanno risposto le mie amiche.

– È urgente sapere cosa bolle in pentola, – ho detto.

– Casini! Nella pentola di Barbara possono bollire solo dei casini conditi di sfiga! – ha sospirato Ale.

Poco dopo l'una eravamo davanti al McDonald's, ma Barbara non c'era ancora. Dopo una decina di minuti, l'abbiamo vista arrivare sul suo motorino. Lo guidava in un modo cosí visibilmente nervoso e l'ha parcheggiato cosí male, dopo una pericolosa sgommata, che tutte e tre ci siamo scambiate un'occhiata che significava solo: guai in vista!

– Sono nervosa un tot! – ha esordito lei, togliendosi il casco, come se non ce ne fossimo accorte.

– Betta? – ha chiesto Valentina.

– Betta, – ha confermato Barbara e già prevedevamo una catastrofe e ci immaginavamo ognuna a tu per tu con i propri genitori inviperiti, incavolati e inorriditi che ci definivano «ladre», «teppiste» e «irresponsabili», quando Barbara ha aggiunto: – Betta si è messa col Rampaldi!

– Cosa? – abbiamo gridato in un coro di incredulità.

Che poi, a pensarci bene, perché incredulità? Che Augusto Rampaldi si mettesse con qualcuna, e anche con piú di una, non era certo una novità da stupire. Ma che Betta, la povera Elisabetta Bolvi, reduce da una tale delusione d'amore da renderle inviso per anni qualsiasi uomo, si mettesse proprio con uno come il prof Rampaldi, questo sí, era davvero inaudito.

Ale deve aver pensato la stessa cosa perché ha commentato, in modo dotto e latino, da vera alunna modello di un liceo classico: – *Errare humanum est, perseverare autem diabolicum!*

– Ma parla come mangi! Che cavolo vuol dire? – è esplosa Barbara.

– Niente, solo che la tua povera Betta è caduta dalla padella, che non sappiamo chi fosse ma che le ha spezzato il cuore, alla brace, che è il prof Rampaldi che le farà a pezzi i pezzi residui di cuore, ecco! – ha esclamato Ale, con una delle sue solite analisi rapide ed efficaci.

– Era la donna ideale per mio padre! – si è lamentata Barbara. – Non ve l'ho detto, se no mi spellavate, ma io ho persino sperato che andava a spifferare tutto a mio padre, cosí almeno si parlavano, si conoscevano meglio. Insomma che la mia idea di metterli insieme, farebbe nascere anche a lei qualche idea su lui, mio padre. Chiaro?

A parte l'*andava* al posto dell'*andasse* e il condizionale *farebbe* al posto del congiuntivo *facesse*, era chiara l'idea, anzi l'illusione, che si era fatta Barbara.

– Stamattina, per uno sciopero, entravo alla terza ora. E allora sono andata prima a fare un po' di spesa al suo supermercato, e cosí mi è venuto di chiederle se ci aveva poi perdonato e se aveva deciso di non dire niente –. Cosí ha iniziato il suo racconto Barbara.

Insomma, per farvela breve, Betta non solo le aveva detto che ci perdonava, ma le aveva anche dato questa bella motivazione, sussurrandogliela come un segreto, e arrossendo come una collegiale ottocentesca: ci perdonava, e anzi ci ringraziava, perché per merito nostro aveva incontrato il grande amore della sua vita: Augusto Rampaldi.

Barbara doveva ancora digerire la notizia bomba, quando era arrivato in negozio proprio il Rampaldi, che aveva cinto la vita di Elisabetta e l'aveva baciata davanti a una madre e a una zia estasiate, anch'esse accecate e rapite dall'innegabile fascino del nostro bel professore rubacuori.

– Belle donne, chi di voi mi farebbe un panino imbottito per l'una, che tra la scuola e la palestra non ho neanche il tempo di pranzare? – aveva tuonato lui, con la sua bella voce da tenore, e poi aveva sussurrato a Betta, come un colombo che tuba: – Ma non sono passato solo per il panino!

Quando Augusto Rampaldi era uscito, Barbara l'aveva inseguito e, in modo del tutto illogico e passionale, gli aveva sibilato: – Lei, prof, ha fregato la donna a mio padre!

– E quando mai è stata con tuo padre, la mia Betta?

– Era destinata a mio padre. Gliel'ho ben detto!

– Solo nella tua testolina bacata, Camellini Barbara! E poi, dài, ti pare che a una a cui piaccio io, piacerebbe tuo padre? Siamo un po' diversi, no? Se ha scelto me, vuol dire che tuo padre aveva zero possibilità.

– Se ha scelto lei, prof, vuol dire che è una stupida che soffrirà un tot e una cifra! Perché lei non è né creduto né affidato!

– Si dice «credibile» e «affidabile», mia cara sgrammaticatissima Camellini. E comunque, per tua conoscenza, e anche se non ti riguarda, sappi che stavolta faccio sul serio!

Ecco, piú o meno, come si era svolta la conversazione tra quei due.

– Unica nota positiva, – ha concluso il suo racconto Barbara, – non dobbiamo piú ricomprarle la bici, perché lei ci è tanto grata. E lui, il prof, gliene ha regalata una piú bella di quella di prima.

– Cavoli, allora mi sa che fa sul serio davvero! – ha commentato Vale, che sapeva come il prof Rampaldi fosse solitamente un corteggiatore tirchio che spendeva solo in sorrisi e parole illusorie.

– Be', voi due potete pagarvi i biglietti per vedere i vostri mitici One Direction, – ha detto Alessandra a Valentina e Barbara. Ma Vale ha fatto il broncio, borbottando: – Troppo tardi: concerti *sold out*! Hanno venduto tutti i biglietti in pochi secondi. Le *directioner* sono incavolate nere, e io con loro!

Le *directioner*, per chi non lo sapesse, sono le fan sfegatate di questo gruppo.

– Be', allora abbiamo perso tutto: la Prescelta, il concerto... – ha sospirato Barbara.

– Ma va', ringrazia che siamo salve! Fuori dal pericolo che venisse raccontata la verità ai nostri genitori! – ho esclamato io, e mi sentivo come se mi avessero tolto un macigno dallo stomaco.

Ancora una volta ero troppo ottimista. Ma questo l'ho saputo solo alcuni giorni dopo.

25
Un secondo finale
ancora piú imprevedibile

Arrivo all'ultimo capitolo di questa mia storia di intrighi e amicizia con un episodio al quale, ancora una volta, non ho assistito direttamente, ma che la mia fervida immaginazione di divoratrice di libri e film si figura molto bene.

Pochi giorni dopo la delusione-Betta, il padre di Barbara è rientrato dal lavoro scuro in viso e ha apostrofato Barbara con un lapidario: – Devo immediatamente parlarti! Prima però accendimi il tuo computer.

– Il mio computer è privato, cosa vuoi guardarci? – si è subito preoccupata Barbara.

– Tranquilla, non guardo i tuoi documenti privati, né la tua pagina Facebook o la tua posta. Me lo devi imprestare solo per vedere una cosa che c'è su questa chiavetta. Tu sai come si fa, vero? – E ha porto a Barbara una piccola chiavetta di memoria USB, azzurra e nera.

– Da dove salta fuori questa? Tu non hai mai avuto una pendrive!

– Me l'ha data un amico. Devo vedere una cosa.

Barbara non ha potuto fare a meno di accendere il suo computer, inserire la chiavetta e aprire un file in formato AVI, dall'anonimo titolo «filmato». Già alla prima inquadratura ha cacciato un grido, riconoscendo la famigerata sequenza d'immagini che ci riprendeva mentre smontavamo la bici di Betta.

– Chi te l'ha dato? Dove l'hai trovato? – ha chiesto Barbara.

– «Perché l'hai fatto?», mi sembra una domanda piú appropriata! – ha detto, furioso, Corrado Camellini. – Un amico l'ha visto sulla pagina Facebook di suo figlio e ti ha riconosciuta. Cosí me l'ha caricato su questa pennetta. Allora Barbara, tu, tua cugina e quelle vostre amiche siete anche diventate delle ladre?

– Ma no, papà, ti ricordi che sono venuta in negozio con Betta perché l'aiutassi a rimontare la bici?

– Sí, sei venuta con una signora, una mattina, a chiedermi aiuto. Ma quando siamo arrivati sul posto del sabotaggio, la bici non c'era piú.

– Non è colpa mia, se qualcuno nel frattempo l'ha rubata! – ha risposto Barbara con assoluta mancanza di logica.

– Non farmi impazzire, Barbara! Sarebbe già qualcosa, se l'avesse rubata qualcun altro e non voi, cosa di cui dubito. Ma resta il fatto che voi l'avete smon-ta-ta! Perché l'avete fatto? Esigo una spiegazione. E non mi dire che è stato uno scherzo!

– No. Era una cosa seria: una missione segreta UFPP.

A queste parole, Barbara dice che suo padre è diventato verde in faccia, poi ha balbettato: – Avete anche una specie di società segreta, adesso? E per combinare cosa? Un Furto Pericoloso e Pazzesco? Cosa cavolo vuol dire questa sigla? Furti? Pedinamenti? Pasticci? Lo so io cosa vuol dire: Una Figlia Pericolosamente Pazza!

Il povero Corrado Camellini si scervellava su quelle quattro lettere, e forse sull'ultima interpretazione avremmo concordato anche io, Vale e Alessandra.

Barbara, comunque, ha interrotto il suo delirio con la verità: – Vuol dire missione segreta «Una Fidanzata Per Papà» –. Poi ha spiattellato tutta la storia, concludendo: – Speravo che ti fidanzavi con Betta.

– Fidanzassi! Tempo congiuntivo ipotetico, che non diventerà mai un presente attuale, perché io... io sono già fidanzato. Ecco, finalmente l'ho detto! – è esploso inaspettatamente Corrado.

Bel colpo di scena, eh?

E adesso tenetevi forte, perché la Prescelta dal padre di Barbara altri non è che... l'Acciuga Rompiballe!

Quando Barbara l'ha saputo, prima è rimasta senza fiato, poi ha detto una sequela di parolacce che non mi sento di scrivere nero su bianco, infine è scoppiata a piangere.

– Ecco, lo sapevo, vedi? – ha detto suo padre abbracciandola. – Noi non volevamo dirtelo, perché avevo paura che la prendessi cosí. L'ho fatta traslocare apposta qui, quando si è liberato l'appartamento al piano di sotto, perché la conoscessi come vicina di casa e per sondare le tue reazioni. Ma sono state talmente negative, a sentire Maria che, poveretta!, si è prodigata in tutti i modi per creare un'amicizia e farti mille piaceri, che noi...

– Vi conoscevate già da prima? – l'ha interrotto Barbara. – Mi avete imbrogliato, teso un tranello... Tu, tu, tu... – E intanto singhiozzava sempre piú forte, senza riuscire a trovare le parole.

– Io, io, io... io forse ti assomiglio! – è scoppiato a ridere all'improvviso suo padre. – Forse ho messo in atto anch'io una missione segreta... La UFPF, cioè Una Fidanzata da Presentare a mia Figlia. Insomma, ho cercato dei modi indiretti per farti conoscere la donna che amo, come tu hai usato un sacco di sotterfugi per farmi trovare una donna da amare. Prima non lo sapevo che tu ci tenessi tanto a trovarmi una fidanzata, ero convinto che non volessi affatto una nuova madre. Ma dopo, con quella storia pazzesca del profilo Facebook, quando ho capito che ti eri fissata di trovarmi una compagna, ho escogitato un modo per farti conoscere Maria e studiare le tue reazioni.

– Ti piace quella? – gli ha chiesto Barbara, incredula.

– Barbara, non credi che debba piacere prima di tutto a me, e non a te, una nuova fidanzata?

– Ma quella non è affatto il tuo tipo!

– Ah, adesso lo sai tu meglio di me chi è il mio tipo? Un'amante dei cani, per esempio, come quella Alessandra... no... Alina...

– Alessia Giovine, – gli ha ricordato Barbara, delusa che Corrado non ricordasse neppure il nome di una delle sue Prescelte.

Poi suo padre si è fatto serissimo e ha aggiunto: – E non ti permetto di chiamarla «quella», hai capito? Ha un nome.

– Oh, certo: Acciuga Rompiballe! – ha avuto il coraggio di dire Barbara, gonfiando poi un'enorme bolla di chewing gum, che le si è stampata in faccia subito dopo, insieme a uno schiaffone di suo padre.

Infine Corrado Camellini le ha detto molto calmo una cosa, secondo me, verissima: – Forse le tue Prescelte erano meglio di come mi sono sembrate, perché tu cercavi di insinuarle a mia insaputa nella mia vita. Prendi in considerazione, per favore, l'ipotesi che Maria sia molto meglio di come ti è sembrata, perché per piacerti a tutti i costi, forse ha esagerato e non si è comportata in modo naturale. Domenica la inviteremo a pranzo e cercherete di conoscervi senza pregiudizi, d'accordo?

E poiché Barbara non rispondeva e se ne stava a testa bassa, sconcertata per lo schiaffo ricevuto, dato che mai il padre aveva alzato le mani su di lei, Corrado ha proseguito: – Devi essere d'accordo, se davvero, come dici, ti preme la mia felicità e che io non sia solo!

Allora Barbara l'ha abbracciato piangendo e ha acconsentito.

Non dico che ora Maria Merletti le piaccia alla follia, ma ha dovuto riconoscere che non è cosí rompiballe come credeva. E, specialmente, ha dovuto mettere fine alle missioni segrete UFPP, per nostra fortuna.

Nell'ultima riunione delle Quattro Mosche, abbiamo però fatto un nuovo giuramento e dato vita a una nuova missione segreta che si chiama UFPO, cioè: Un Fidanzato Per Ognuna.

– Basta occuparci degli amori di qualcun altro! – ha dichiarato Vale. – Abbiamo quattordici anni e siamo tragicamente single tutte e quattro.

– Giusto! – ha approvato Barbara. – È ora che ci concentriamo a trovare un ragazzo per noi.

– Bene, giuriamo allora che, entro la fine dell'anno scolastico, ognuna di noi avrà un *boyfriend*! – ha detto Valentina.

E dopo avere recitato il motto: – Un amore per uno non fa male a nessuno! – abbiamo sputato sulle mani, perché questo è un modo di suggellare un patto meno doloroso che col sangue. Poi ce le siamo strette, mentre Valentina faceva: – Bleah, che schifo!

– Tu pensa che gli antichi, prima di affrontare qualcosa di importante, un incontro di affari o una gara sportiva, per esempio, avevano la curiosa abitudine di sputarsi tre volte sul petto per preservarsi da incantesimi, grane ed errori, – le ho detto.

– E tu come lo sai? – mi ha chiesto.

– Sta attenta a lezione, mia cara! – le ha fatto notare Ale, molto caustica. – La prof ce l'ha raccontato pochi giorni fa. Giusto, Katy?

– Su, dài, non litigate! – ho cercato come al solito di calmare le acque. Ma dopo che Barbara ci ha informato che anche oggi i campioni di Formula Uno, prima di montare in macchina per affrontare una corsa, si fanno sputare sulla schiena della tuta, a Va-

lentina è venuta la ridarella e abbiamo cominciato a ridere e sputare tutte e quattro come matte.

Allora ho sentito che il cuore mi s'inondava di gratitudine per aver trovato delle amiche cosí.

Quindi, voglio finire questo racconto di alcune delle nostre avventure con un bell'aforisma sull'amicizia, che ho trovato in internet: «L'amicizia è come la musica: due corde parimenti intonate vibreranno insieme anche se ne toccate una sola».

Ecco, quando in Valentina vibrava la corda della ridarella, le nostre corde vibravano insieme in un'enorme, sonora e corale risata.

Fonti

p. 7: Anaïs Nin, citazione dal sito www.frasiaforismi.com.

pp. 54, 55, 59: *Blade Runner*, regia di Ridley Scott, prodotto da The Ladd Company, Shaw Brothers, Warner Bros, 1982.

p. 94: *Guerre stellari*, regia di George Lucas, prodotto da Lucasfilm, Twentieth Century Fox Film Corporation, 1977.

p. 109: *Avrò bisogno ancora di te*, di Ivan Graziani, da *Malelingue*, 1994 Carosello.

pp. 112, 113, 156: Natalia Ginzburg, *Lessico famigliare*, Einaudi, Torino 1963.

pp. 156, 157, 158: *La storia fantastica*, regia di Rob Reiner, prodotto da Act III Communications, Buttercup Films Ltd., The Princess Bride Ltd., 1987.

p. 160: William Goldman, *La principessa sposa*, traduzione di Massimiliano Brioschi, Marcos y Marcos, Milano 2007.

p. 171: *Chocolat*, regia di Lasse Hallström, prodotto da Miramax Films, David Brown Productions, Fat Free, 2000.

p. 189: *Taxi Driver*, regia di Martin Scorsese, prodotto da Columbia Pictures Corporation, Bill Phillips, Italo/Judeo Productions 1976.

p. 207: Francis Quarles, citazione dal sito www.pensieriparole.it.

Indice

AMICHE X sempre

anime gemelle

Sono diventate amiche per scommessa, ma ormai sono inseparabili. Caterina, Barbara, Alessandra e Valentina, «in arte» Le Quattro Mosche perché «ronzano» chiacchiere, confidenze e pettegolezzi, affrontano come gemelle le questioni di famiglia e di cuore.

AMICHE × sempre

INNAMORATE PAZZE

Quattordici anni e ancora tragicamente single! Per Caterina, Barbara, Alessandra e Valentina, quartetto inseparabile, scatta una nuova missione: trovare il primo amore entro la fine della scuola. (Ma prima bisogna scoprire cos'è, l'amore...)

Finito di stampare nel mese di agosto 2013
per conto delle Edizioni EL
presso LEGO S.p.A. - Stabilimento di Lavis (Tn)